UN PAYS
POUR MOURIR

Du même auteur

Mon Maroc
Séguier, 2000

Le Rouge du tarbouche
Séguier, 2004
et « Points » n° P2797

L'Armée du Salut
Seuil, 2006
et « Points » n° P1880

Maroc, 1900-1960.
Un certain regard
(avec Frédéric Mitterrand)
Actes Sud/Malika Éditions, 2007

Une mélancolie arabe
Seuil, 2008
et « Points » n° P2521

Lettres à un jeune Marocain
(choisies et présentées par Abdellah Taïa)
Seuil, 2009

Le Jour du Roi
prix de Flore
Seuil, 2010
et « Points » n° P2666

Infidèles
Seuil, 2012
et « Points » n° P4020

ABDELLAH TAÏA

UN PAYS
POUR MOURIR

r o m a n

ÉDITIONS DU SEUIL
25, bd Romain-Rolland, Paris XIVᵉ

ISBN 978-2-02-121975-3

www.seuil.com

Pour mes sœurs, toutes mes sœurs

PARTIE I

Paris, juin 2010

1. À côté

Il est mort jeune.

56 ans, c'est jeune. Non ?

C'est une moyenne d'âge raisonnable au Maroc, je sais. L'espérance de vie. C'est comme ça que ça s'appelle.

Mais lui, mon petit papa doux et furieux, il n'a eu le temps pour rien. Ni pour bien vivre ni pour bien mourir. C'est arrivé vite. Deux ans à peine.

Un jour, il est tombé. Chute. Évanouissement. Tremblements. Que se passe-t-il dans son corps ?

On l'a transporté à l'hôpital public de Rabat. Il y est resté quatre mois. Et puis on l'a renvoyé chez lui. Chez nous. Notre case. Notre boîte à sardines au piment rouge. Un rez-de-chaussée assez propre grâce à notre mère à la fois bordélique et hyper maniaque. Et un premier étage bien construit mais pas encore fini. Des pièces sans porte, sans peinture. Un décor couleur ciment pour une vie à venir, un futur à construire quand l'argent tombera du ciel en permanence trop bleu.

C'est là qu'on l'a mis, le père, qu'on l'a petit à petit oublié, ignoré.

C'est ma mère, bien sûr, qui a pris toutes les décisions. Elle ne le reconnaîtra jamais.

Les médecins avaient dit qu'il fallait protéger les enfants, les éloigner d'une contagion possible. Les séparer du corps malade du père.

C'est donc qu'ils n'étaient pas sûrs d'eux, ces charlatans sans cœur. L'ordre devait être exécuté, un point c'est tout.

Ma mère ne veut plus revenir sur ce sujet. Ce qui s'est passé dans le passé est passé. Ce sont ses mots, son passé révolu à elle. Pas le nôtre. Pas le mien.

Je n'ai rien dit. L'idée de protester ne m'a même pas traversé l'esprit. J'ai tout vu, tout suivi. Un père vivant, encore jeune, qu'on décide un jour d'exiler dans sa propre maison, et moi je continue de respirer, de dormir, de rêver chaque nuit à Allal et à son gros sexe que je devine, que j'imagine avec une grande précision. Juste au-dessus de la chambre où je dormais, au milieu des corps de mes nombreuses sœurs qui tardaient à se marier, le père était là. Seul. Une pièce trop grande où il n'avait pas de lit. Trois couvertures Le Tigre, posées l'une sur l'autre, lui servaient de lieu où vivre, continuer à être malade. Espérer la guérison. Le repos définitif.

Pourquoi je n'ai rien dit? Pourquoi être à ce point-là dans l'indifférence, l'insensibilité?

Je ne pensais pas qu'il allait mourir, mon père. Mais j'ai accepté, presque comme tout le monde, de ne plus le voir.

Ce père déchu, sans virilité, j'ai participé moi aussi à son assassinat. Et pourtant personne ne m'a intenté de procès. Ni hier ni aujourd'hui.

Je suis libre. À Paris et libre.

Personne pour me ramener à mon statut de femme soumise. Je suis loin d'eux. Loin du Maroc. Et je parle seule. Je cherche mon père dans mes souvenirs.

Le poids de ses pas lourds revient à mes oreilles.

J'écoutais mon cœur affolé. J'essayais de le calmer, de le bercer pour qu'il cesse de s'agiter comme un volcan dans ma poitrine. Je lui parlais sans ouvrir la bouche. Je chantais pour lui en arabe et, un peu, en français. Rien à faire. Le cœur la nuit se révolte, il revit la journée et ses événements sans nous, sans notre autorisation. Sans moi. Plus qu'une panique, c'était une catastrophe, car je savais que s'il s'arrêtait je mourrais.

Je ne voulais pas mourir. Je n'arrivais pas à dormir. Partir. Céder au sommeil. Je résistais dans la peur.

Les pas de mon père, éloigné de nous au premier étage, dans un autre noir, venaient parfois me sauver. Mon père ne marchait pas. Il frappait le sol. Ses talons faisaient boum-boum, boum-boum. Boum-boum. En bas, de notre côté, l'écho de ses pas faisait vibrer tout, meubles, vitres, tables, télévision.

Mon père, sans doute lui aussi incapable de trouver le sommeil, errait dans le premier étage inachevé.

Ses pas disaient autre chose, aussi. La colère ? Oui, sûrement. La peur ? Peut-être. Les larmes sèches ? Certainement, mais personne ne les voyait.

Un lion de cirque vieilli d'un coup, dans une cage suspendue. Dans son corps, le souffle s'en va, petit à petit, nuit après nuit, un pas suivi d'un autre.

Je les retrouve, ces pas. Je les écoute.

Mon père marche dans la pièce du fond. Il traverse le patio. Il revient en arrière. Il fait des cercles. Il touche les murs. Il regarde le ciel au-delà du plafond sinistre. Il va loin, jusqu'à l'autre pièce, côté rue. Je ne l'entends plus. Personne ne l'entend.

Le sommeil est proche. Il va me délivrer. L'union, enfin. Je pars. Je voyage. J'oublie mon père. Je ne lui dis même pas au revoir.

Mais cet homme, familier et étrange, je le vois ouvrir la bouche, il va dire quelque chose, un mot, un nom, un prénom. Une fois. Deux fois. Trois fois.

Zahira. Zahira. Zahira.

Pourquoi moi?

De Paris, des années après tout cela, je lui réponds.

Que veux-tu, mon papa? De quoi as-tu besoin? Tu as mal? Terriblement mal? Où? Où? Dis. Dis-le-moi, maintenant. J'ai grandi. J'accepte les choses, même incompréhensibles. Montre-moi où tu as mal. Le ventre? Où dans le ventre? Les intestins? Encore les intestins? Les spasmes atroces dont tu as hérités de ton propre père? C'est cela?

Prends ma main. Je monte au premier étage. La voici, ma main droite. Guide-la. Elle verra mieux que moi ce qui te tourmente, te casse en dix, te fait perdre tes sens, tes chemins, tes respirations. Prends, prends-la. Elle est à toi et elle vient de toi, cette main. Serre-la. Caresse-la. Fais-en ce que tu veux, ce qui te passe par le cœur et la peau.

Parle, si c'est cela que tu veux. Meurs. Reviens à la vie. Erre avec moi, avec ma main, mon inconscience. Arpente ce premier étage comme un aveugle, un désespéré, un fou que tu es malgré toi. Va. Va. Ne te retiens pas. L'amour ne finit pas. Ce n'est pas moi qui l'affirme. Ce n'est pas moi qui le sais. Quelque part, dans mon corps obscur, des vies décident pour moi comme pour toi.

15

Pense à ta sœur Zineb. Petit, tu l'adorais. Vous habitiez encore au pied des montagnes de l'Atlas quand elle a disparu. Elle était ta deuxième maman, n'est-ce pas ? Ton cœur tendre. L'unique cœur tendre. Une nuit, elle est partie avec ton père à la recherche d'un mystérieux trésor caché dans une forêt lointaine. Une semaine plus tard, ton père est rentré sans elle. Il n'a jamais voulu dire ce qui s'était passé. Du jour au lendemain, Zineb était à tout jamais perdue. Tu ne la reverras pas. A-t-elle été kidnappée ? Vendue à je ne sais quel riche seigneur de la campagne ? Elle n'était pas morte. Elle n'était pas morte. C'est ce que tu te disais pour ne pas désespérer complètement. C'est ce que tu te racontes aujourd'hui encore. Pense à elle, papa. Pense fort. Zineb. Zineb. Zineb. Je pense à elle moi aussi. Je murmure moi aussi son prénom. Je l'envie même. Son destin a dû être libre. Je ne le vois que comme ça. Et toi, mon papa ? Tu l'imagines comment, la vie de Zineb ? Longue, heureuse, accomplie ? Tu veux la rejoindre, la retrouver là où elle est maintenant ? C'est cela ? Je me trompe ? Je ne comprends rien à Zineb et à sa disparition ?

Ignorante j'étais. Malheureuse je suis. Et seule. Si seule à Paris. Au centre et pourtant comme au bout du monde.

J'entends tes pas, mon père. Ils reviennent. Ils existent. Tu marches. Tu vas et tu viens. Tu comptes, tu joues, tu dessines des aires, des pays, des zones sombres où l'on voit tout.

Tu es malade tout en haut.

Nous sommes en bas, au sous-sol presque.

Chez nous, personne n'a changé, n'a bougé. On se regarde comme avant. On se frôle. On en a marre d'être ensemble. Il faut partir, c'est urgent. Mais nous n'avons nulle part où aller rêver autrement. Alors : on s'aveugle. On ne chante plus. On mange, on pisse, on chie, on dort. Personne ne jouit ici. Surtout pas la mère.

Ta sœur Daouiya ne vient plus. Ton frère aîné l'empêche de sortir de la maison. Elle lui dit que tu lui manques. Il répond que tôt ou tard elle finira par te retrouver. Mais pas ici. Pas sur cette terre. Pas dans ce monde. Pas tant que lui est encore en vie.

Chez toi, mon père, il y a la peur. Je l'imaginais froide. J'avais tort. Cette peur te maintenait en mouvement. La mort grandissait en accéléré dans ton corps, mais ce n'était pas elle qui te faisait trembler.

Même après, dans la tombe, dans le ciel, il n'y a rien. Il n'y aura rien.

C'est ce que tu disais parfois, certains jours noirs. N'est-ce pas ?

Tu te levais. Tu marchais. Encore. Encore. Et cette certitude devenait chaque nuit, dans ce premier étage inachevé, une vérité absolue, indiscutable.

Le décor de tes derniers mois, tu voulais le respirer centimètre après centimètre. Y déposer un petit souffle. Un secret. Mieux qu'un souvenir. Un cri.

17

Mon papa, rien que pour te soulager un peu dans ta tombe, je veux croire qu'il y a autre chose. Comme toi, je ne croyais plus. Je change d'avis, là, maintenant. La vie ne s'arrête pas. La mort ne peut pas exister partout. Le corps ne finit pas. Il parle avec une autre langue. Il se réinvente, sans cesse. Là-haut il se transforme.

Aujourd'hui, ma main te le dit. Écoute-la. Confie-lui un message, un rôle, un regard pour moi. Et marche. Marche. Marche, dans ton premier étage. Tu ne me déranges plus. Je suis devenue ce que je suis. C'est ma nature. Une prostituée. Ils viennent s'abreuver chez moi, en moi. Tous. Hommes et, parfois, femmes. Je ne résiste plus à ce destin. Le temps de la lutte est fini.

Tu avais fumé toute ta vie, mon père. Sauf les deux dernières années. Tu nous avais enfumés à la maison chaque jour. Personne ne s'était jamais plaint.

Il y en a qui fument avec arrogance, distance, égoïsme. Pas toi. Pas avec tes cigarettes bon marché. J'ai en moi, dans mes narines, ma langue, ma gorge, le goût de celles-ci. Tu as fumé trois marques. Celles des pauvres, bien sûr. Tu as commencé par Dakhla. Dix ans. Avant ma naissance. Au milieu des années 1980, tu es passé à Favorites. Et en 1990, juste après le mois de ramadan qui te faisait tant souffrir et que tu n'aimais pas, tu as adopté Casa.

De Casablanca. Tu n'avais aucun amour pour cette ville, trop bruyante, trop forte. Mais tu adorais ses cigarettes.

Tu es tombé d'une drôle de manière. Je ne t'ai pas vu mais l'image de ce moment a été répétée tellement de fois chez nous. La mère racontait chaque détail de cette chute pour nous mettre en garde.

« Ne fumez pas ! Ne fumez pas ! Souvenez-vous toujours de ce qui lui est arrivé, de sa terrible maladie ! »

J'ai 40 ans. Je n'ai jamais fumé. J'ai bien suivi son conseil. Son récit.

Tu vivais encore parmi nous, au rez-de-chaussée. Un jeudi matin, tu n'as pas voulu aller au hammam. Sans doute parce que tu en avais marre d'y croiser les voisins, tous mauvais, jaloux et méchants. Tu as avancé vers le patio et tu as crié :

« Préparez-moi l'eau chaude ! »

Ce n'était pas un cri comme jadis. Ta voix avait soudain besoin de faire un effort surhumain pour donner un ordre et pour cacher en même temps ta faiblesse. Elle t'a trahi. Elle a exhibé devant tous les dernières traces d'une virilité en train de s'évanouir. Le savais-tu ?

J'ai alors, d'une manière obscure, compris que quelque chose de mal allait se produire chez nous.

Mon papa va s'écrouler. Il faut l'en empêcher.

J'étais seule dans notre chambre. J'ai répondu par un mot pauvre, monotone, sans émotion :

« D'accord ! »

Quand l'eau a bien chauffé dans la grande bouilloire, j'ai mis celle-ci dans les toilettes. Nous n'avions pas de salle de bains. C'est là que nous nous lavions si nous étions en état impur et qu'il fallait se purifier d'urgence.

Étais-tu dans cet état d'impureté ou bien étais-tu simplement sale ?

Je ne me suis pas posé la question ce jour-là.

Quand es-tu entré dans les toilettes turques ?

Comme un chat en pleine nuit, tu as traversé le patio en douce et tu as cherché une intimité à toi dans ce lieu si étroit.

J'ai entendu soudain la braguette et la ceinture qui s'ouvraient. Le pantalon est tombé.

Tu as accompli le reste en silence. Tu as ouvert le robinet. Tu as rapproché la bouilloire. Tu as un peu refroidi l'eau chaude. Puis tu as tout versé dans la petite bassine rouge.

Avec tes mains jointes, tu as commencé à t'asperger. J'entends cette eau, son chemin : elle a quitté tes mains, elle va vers ton corps, ton buste, ta poitrine, ton cou, ton menton. Le reste de ton visage.

L'eau chaude, délicieuse, arrive, elle te frappe. Tu dis :

« Allaaaaahhhh ! »

Je souris.

Tu recommences.

L'eau. Ton corps. Ta peau. Ta nudité. Tes exclamations de plaisir.

« Allaaaahhh ! »

Encore et encore.

Tu es bien, si bien. Tu n'es plus et tu ne seras plus jamais faible. Ce petit moment avec l'eau chaude te fait croire que la solitude peut être joyeuse. Tu es un enfant. Tu joues. Tu t'oublies. Tu oublies qu'on peut t'entendre, suivre de loin et imaginer avec précision ce que tu fais.

Je suis censée éplucher les légumes. Je me suis arrêtée. Je t'écoute.

« Allaaaahh ! Allaaaaah ! Allaaaahhh ! »

Tu n'avais pas honte d'exprimer ainsi ta joie. Je n'avais pas honte de t'espionner.

Deux mètres séparent la chambre des enfants, où je me trouvais, des toilettes. Ton plaisir les avait fait disparaître. J'étais avec toi.

Mais je suis partie trop tôt. Quelqu'un frappait à la porte. Et je ne t'ai pas sauvé.

C'est la mère qui nous a raconté la suite. Tu le lui avais raconté, une semaine plus tard.

Voilà ce qu'elle a dit. Tout est dans mes oreilles. Ce n'est pas très long. C'est précis. Très précis.

21

« Après s'être lavé, il a voulu faire ses ablutions, bien comme il faut. Il s'est rendu compte qu'il ne lui restait pas beaucoup d'eau chaude. Il a bien regardé le fond de la bassine rouge. Cinq secondes. Il décide que cela devrait aller. Il fera très attention.

« Il commence les ablutions. Les parties intimes. Devant. Derrière. La bouche trois fois. Le nez trois fois. Le visage trois fois. Chaque bras trois fois. Chaque pied aussi. Ensuite les oreilles. Le crâne.

« Il a réussi. Il est soulagé.

« Il se lève. Il s'aperçoit qu'il a encore du savon sous les aisselles. Mais il n'a plus d'eau chaude. Il les rince alors avec l'eau froide du robinet. Grave erreur, dont il ressent immédiatement les conséquences. Il s'est dit : "Mon corps était en été et le voilà maintenant en hiver. Je vais sûrement tomber malade." Il avait bien deviné. Il croyait qu'il allait attraper froid. Il a attrapé pire que cela.

« C'est de sa faute. Il a fumé presque toute sa vie. Le froid et le chaud mélangés si près d'une poitrine fragile, trouée de partout, comme la sienne, comme s'il voulait... Comme s'il voulait... se... se... Comme s'il avait tout décidé ce jour-là, à ce moment-là... »

La mère n'osait pas prononcer le verbe. Il lui faisait peur. À nous aussi il faisait peur.

Se suicider.

Elle finissait chaque fois son récit ainsi :

« Vous voilà prévenus. Faites attention quand vous lavez vos aisselles. Le froid et le chaud ensemble, ou l'un après l'autre, sous vos aisselles, jamais ! Vous avez entendu ? Jamais ! »

Comment cette femme, cette mère, a-t-elle pu oublier qu'il s'agissait non pas d'un étranger, d'un voisin, d'un ennemi, mais de son mari, notre père ? Son corps est notre corps. Même malade, il est à nous, de nous.

Pourquoi nous protéger de lui ? Ce qu'il a, ce qu'il aura, nous finirons par l'attraper nous aussi. À quoi bon mettre cette distance ? À quoi servent ces avertissements pitoyables ?

« Éloignez-vous, éloignez-vous… »

Très vite, ils t'ont emmené au grand hôpital, dans la capitale Rabat.

J'étais au lycée. Je ne suis pas rentrée au déjeuner. Un homme, qui me tournait autour depuis quelque temps, avait réussi à m'attirer à son appartement. Il est entré en moi. Et il a dit : « Je vois que je ne suis pas le premier. Je suis déçu. Très déçu. » Il ne plaisantait pas. Il m'a jeté, après, cinquante dirhams. « C'est pour que tu t'achètes quelque chose. Du rouge à lèvres, par exemple. » Il ne plaisantait toujours pas.

Le soir, dès que j'ai mis les pieds chez nous, j'ai senti que l'air n'était plus pareil.

« Ils l'ont emmené… »

Je suis allée aux toilettes. J'ai respiré fort. Papa est encore là. Tu es là… Tu es là…

Le tablier d'école encore sur moi, je suis sortie marcher. Mes pas m'ont guidée jusqu'au terrain de football, vide. Les cinquante dirhams étaient dans la poche gauche de mon pantalon. Trois billets : deux de vingt et un de dix. Je les ai déchirés en mille morceaux. Je me suis accroupie. J'ai creusé un petit trou. Je les ai enterrés dedans.

Pas de traces. Jour de deuil par avance. Jour de fin. De tout. Absolument tout.

Comment vivre après cela, après ce départ ?

Une maison sans père. Que la mère : dictatrice épanouie, en majesté.

Pleurer ? Non. Les larmes sont inutiles. Rentrer à la maison ? Oui, mais seulement physiquement.

Tu m'entends, papa ? Je saisis enfin le sens de ce que j'ai vécu, de ce que j'ai perdu.

Je ne me suis pas rebellée.

Je n'ai plus jamais revu l'homme des cinquante dirhams.

Mais je suis allée rendre visite à Sawssane l'Irlandaise. Mon unique amie. Elle habitait dans la vieille ville de Salé et c'est avec elle que j'ai appris, petit à petit, à me protéger des hommes tout en les faisant payer.

Je ne lui ai rien raconté de ce qui s'était passé chez nous, de ce qui se passait en moi. Mais, dès qu'elle m'a vue, elle a deviné à quel point j'étais mal.

Elle m'a emmenée chez le coiffeur et lui a demandé de teindre mes cheveux en blond. Je n'ai pas protesté.

Mon visage, avec cette nouvelle couleur, s'est transformé. Mes yeux sont devenus plus grands. Mon nez plus petit. Mes joues se sont creusées. Et, tout autour de ma tête, le feu.

Le coiffeur a fait de moi ce qu'il a voulu. Il m'a massée, longtemps. Il m'a touchée, doucement, différemment. Il a caressé ma nuque, mon crâne, mon front, mes joues.

Il ne voulait pas me faire du mal. Ses mains allaient et venaient autour de ma tête. Jouaient avec mes cheveux. Les tiraient, fort, très fort. J'aimais cela : une petite violence.

Les mains du coiffeur ressemblaient aux tiennes, papa. Exactement les mêmes. Larges. Interminables. Des mains pour un autre corps, un autre monde.

J'ai fermé les yeux. Tout le temps.

Mon amie Sawssane n'était pas loin. Elle dévorait les nombreux numéros du magazine *Al-Mawed* qui se trouvaient dans ce salon. Elle chantait. Des mots en anglais.

Tristes et doux. Ils soulagent à force d'être répétés. Je ne les comprenais pas. Je les connaissais. C'était une chanson d'ALIBA.

Sawssane vient de loin. Elle a des taches de rousseur sur tout le corps. Ses cheveux sont rouges. Ils sentent bon. Elle vient vraiment de loin, très, très loin.

Au XVIIᵉ siècle, les pirates de notre ville, Salé, attaquaient les navires des chrétiens, des mécréants, des Européens, qui passaient à côté du Maroc. Ils volaient les richesses qu'ils transportaient et les faisaient couler. On dit qu'ils ont ramené à Salé, à plusieurs reprises, des femmes chrétiennes, kidnappées. Des Irlandaises. On les convertissait à l'islam, de force. Elles devenaient vite des Arabes, des musulmanes. Plus encore : des femmes de Salé. Gardiennes mieux que quiconque de cette mémoire corsaire, d'une âme un peu folle, un peu guerrière, toujours incontrôlable.

Elle est là devant moi. Sawssane femme d'avant, d'un autre temps. Douce. Tendre. Machiavélique. Elle m'a tout appris. L'amour, le sexe, les secrets. Je lui dois tout. Je ne lui en veux pas.

Plus tard, le monde finira par faire de cette Irlandaise autre chose que ce qui était prévu. Elle abandonnera du jour au lendemain le métier de maquerelle. Elle ira à La Mecque se repentir et redevenir pure.

Mère de famille, Sawssane! Je ne l'aurais jamais cru!

On m'a dit qu'elle a à présent trois filles, aux cheveux rouges comme elle, et qu'elles sont aussi blanches et étranges qu'elle.

Sawssane m'appelle parfois. Je lui envoie de l'argent. Pas trop.

Sawssane sait que tu es parti, papa. Chaque fois, pourtant, elle pose au téléphone la même question : « Comment va ton père ? » Et, à la fin, elle me demande toujours de te saluer.

Elle a prié pour toi à La Mecque. Elle a dit ton nom et ton prénom là-bas. Cela te fait-il plaisir, là-haut ?

Entends-tu toutes les prières que je fais chaque jour pour toi ?

Te souviens-tu encore de François Mitterrand, le président de la France ? Là-bas, où tu es, d'un ciel à l'autre, t'arrive-t-il de le rencontrer ? Est-il toujours comme il était, maigre et dur ? A-t-il changé de regard, de personnage ? Le ciel lui fait-il du bien ? La mort le soulage-t-elle ?

C'était l'hiver. Le temps du départ définitif se rapprochait.

L'automne t'avait épargné, mais dès que le froid s'est installé pour de vrai sur Salé tu as cessé de marcher. Tu ne tournais plus en rond au premier étage. Tu ne te levais presque plus pour te dégourdir les jambes, donner l'illusion de résister encore. Tu restais allongé. Jour et nuit, nuit et jour. Tu ne regardais même plus la télévision. Le petit écran de ton poste te demandait un trop grand effort de concentration. Tes yeux n'arrivaient plus à converger. Tu voyais double. Et cela augmentait la fatigue, le désarroi, les questions trop profondes et sans réponses.

Qu'est-ce que tu faisais alors ? Dis-moi, petit papa, dis-moi...

« Je rêvais... Je me préparais... Je n'étais déjà plus là, dans cette vie.

— Ça, je le sais, papa... Mais encore ?

— J'apprenais à ne plus respirer. À me passer de l'air d'ici, de ce monde où tu vis encore. Je coupais le souffle. Mon souffle. Et je voyais ce qui se passait.

— Quoi ? Quoi, papa ?

— Je m'élevais. Je n'étais plus malade. Mes poumons, qui m'avaient trahi, ils se renouvelaient, se régénéraient.

— Tu renaissais ?

— Non.

— Je ne comprends pas, papa...

— Je ne voulais plus rester dans la vie, coupé du goût, du sel, du sang, du sucre.

— Maman ne montait plus te voir la nuit, je sais. Je sais.

— Elle m'a tué.

— Ne dis pas cela, papa.

— Elle m'a tué. Ne la protège pas.

– Oui, papa. Mais, parfois, je la comprends elle aussi. Le monde lui en demandait trop. C'était elle qui devait tout gérer, tout guider, tout organiser.

– Elle m'a tué, je te dis. Tué, froidement. Ne m'énerve pas, Zahira.

– D'accord, papa. D'accord, petit papa. Parlons d'autre chose. Parlons de François Mitterrand. Pourquoi tu l'aimais ?

– Je ne l'aimais pas.

– Tu es sûr que tu ne l'aimais pas ?

– Je suis plus que sûr.

– Pourquoi tu descendais alors chez nous, en bas, pour regarder les dernières images de sa vie, sa visite en Égypte, ses funérailles ?

– Je voulais attraper sa mort.

– "Attraper sa mort", tu as dit ?

– Il était plus avancé que moi. Il se trouvait déjà sur l'autre rive. Il était vivant et mort. Je voulais le voir en grand, par la télévision me reconnaître en lui. Comme un frère ennemi, un traître qui va enfin me tendre la main.

– Mais tu avais peur aussi. Je m'en souviens très bien. Tu te rapprochais de moi. Tu te réchauffais de moi. Tu mettais une couverture sur nos jambes un moment collées les unes aux autres, sur nos genoux.

– Je n'avais pas peur. Tu te trompes. J'apprenais la mort de lui… Et je me souvenais, en le regardant, de mes années comme soldat français en Indochine.

– L'Indochine ? Tu as été en Indochine ?

29

– J'ai fait la guerre pour la France en Indochine.

– Quand ?

– Il y a longtemps.

– Avec François Mitterrand ?

– Non… Cela a été atroce. Atroce. Atroce. J'ai tué tellement de gens que je ne connaissais pas, des Asiatiques qui ne m'avaient rien fait… En Indochine, j'ai voulu moi aussi partir définitivement. Qu'on me tue. Je voulais disparaître comme ma sœur Zineb. Ne plus revenir. Me volatiliser. D'un coup ne plus exister. Quelque part retrouver enfin Zineb…

– Tu ne l'as jamais oubliée, Zineb…

– Zineb… Zineb…

– Et après ? Tu es resté longtemps en Indochine ?

– La guerre s'est terminée… La France m'a jeté elle aussi… Elle m'a renvoyé au Maroc et elle m'a oublié.

– Tu n'as jamais reçu d'indemnités ?

– Non.

– C'était de la faute de François Mitterrand ?

– Peut-être. »

Je ne comprendrai jamais cela. J'ai essayé pourtant.

La mort peut-elle s'apprendre ?

Se donner la mort, oui, je peux le concevoir, le voir dans mes yeux : les étapes à suivre. La décision irrévocable.

Un petit tabouret. Une corde. Le noir. La fin de la nuit, juste avant la voix du muezzin qui, seule, appelle à la première prière.

Je vois tout cela. Ce que tu as fait, papa. Je ne t'en veux pas. N'aie pas peur.

Le tabouret est tombé. J'entends encore le son de cette petite chute. Un son sec, rapide, net, sans écho.

TAC.

La vie part. Tu t'élèves. Tu ne respires plus. Tu as appris à le faire. Tu fais sans. Cela ne prend pas tant de temps que cela.

Je l'ai entendu, ce TAC. J'ai ouvert les yeux. J'ai pensé : « C'est sûrement un chat qui passe. » Je les ai refermés. Je suis revenue au sommeil sans même une pensée pour toi.

Tu étais juste au-dessus. Tu quittais le monde.

Le chat était passé.

Je me rendormais.

C'était vendredi. Jour saint. Jour blanc.

Ils ont tous pleuré.

Pas moi.

Nous avons caché l'essentiel. La honte. Nous avons dit : « Une crise cardiaque. » Moi aussi je l'ai dit.

Ce soir-là, sur la terrasse où nous préparions la nourriture des funérailles, Sawssane l'Irlandaise m'a appris quelque chose de nouveau.

Elle a parlé autrement. Avec une nouvelle voix.

« Tu seras désormais seule, Zahira. Oui. Oui. Je ne vais pas te mentir. Mais pas toujours. Tu pourras, par ta volonté mystique, maintenir le lien avec ton père. Pas en allant chez les sorciers. Non. En mangeant, simplement en mangeant. Au ciel, il recevra tout, mangera avec toi ce que tu auras cuisiné en pensant à lui. Ton père t'a donné la vie. C'est lui, pas le ciel, pas les dieux, pas les étoiles. Tu es sortie de lui. Maintenant qu'il est loin, ramène-le à toi, à ton corps, à ton souffle. Mange-le! Prépare du thé à la menthe très sucré. Fais des crêpes. Cinq. Bois tout le thé. Mange toutes les crêpes. Chaque gorgée sera pour lui. Chaque bouchée aussi. Tu seras deux. Tu vivras pour lui et pour toi. Pour réaliser ce miracle, il n'y a que cette chose simple, triviale : la nourriture. La cuisine en y mettant un peu de toi, de ta peau, de ton odeur, de ton goût. Tu seras ton père. Il sera à tout jamais en toi. »

Oui, je suis toi, mon père.
Tu es mort jeune. Je suis morte avec toi.

2. Avant

Demain, je la coupe. Tu m'entends, Zahira ? Je passe à
l'acte. C'est définitif. C'est Dieu qui le veut. Ce n'est pas moi.
Tu me soutiens toujours ? Tu crois que j'ai raison ? Demain,
je la coupe totalement. Elle sera effacée. Désintégrée. Je
ne vais pas souffrir. Je serai en train de dormir. À la place,
j'aurai autre chose.

Une ouverture.

C'est le docteur Johansson qui fera l'opération. J'ai
confiance en lui. Il n'est pas français. Il est suédois, de
Stockholm. C'est lui qui me l'a dit. Il est blond, bien sûr.
Et beau, très beau, bien sûr. Depuis que j'ai commencé le
protocole de trois ans, je fantasme sur lui, sur ce qu'il est
quand il enlève sa petite blouse trop blanche de docteur.
Je ne connais pas son prénom. Son nom me suffit. Depuis
le début de cette semaine, chaque nuit, je répète son
nom pour m'endormir : « Docteur Johansson. Docteur
Johansson. Docteur Johansson. Docteur Johansson.

Docteur Johansson. Viens. Viens. Viens et coupe-la-moi.
Oh, oui ! *Please ! Please*, docteur ! »

Je la coupe. Tu m'entends, Zahira ? Je n'en veux plus.
Quel soulagement ! Quel pied ! Quitter enfin ce territoire
maudit des hommes ! Sortir. Partir. Changer. Me révéler
enfin. Qu'ils le veuillent ou pas. Je serai autre. Moi-même.

JE LA COUPE.

Sans bite. Sans verge. Sans zob. Sans excroissance.
Sans sperme. Sans couilles. Sans cette chose inutile entre
les jambes qui me bousille la vie depuis toujours.

Tu comprends ? Tu trouves cela drôle ? Alors, ris ! Ris
un peu, Zahira ! Oublie ton malheur ! Oublie tes pauvres
clients parisiens fauchés et ris ! Qu'est-ce qui se passe ? Tu
as encore une fois baissé tes tarifs ? Oui ? C'est cela ? La
pauvre ! La pauvre ! Tu me désespères, vraiment… Sois
un peu avec moi, s'il te plaît ! Ne me déconcentre pas. De
toute façon tes crises à toi ne finiront jamais. Restons
plutôt concentrées sur mon grand jour à moi.

Demain, je serai comme toi. Demain, je prends ma
revanche. Demain, je les emmerderai tous. Je ne quitterai
pas ma haine pour eux. Non et non. Je la garderai. C'est
elle qui me permettra de survivre encore et toujours dans
ce monde de chiens enragés, de trous de cul à jamais
assoiffés. Je vais la bichonner, ma haine. Je lui ferai un
petit mausolée dans mon appartement. Rien que pour
elle. Tu me suis, Zahira ? J'ai raison, non ? Toi, ce n'est pas
ton moteur, la haine, je sais. Moi, oui. Depuis toujours et

pour toujours. Si je pouvais, je les tuerais tous. L'un après l'autre. Je les placerai contre le mur. Je les regarderai droit dans les yeux. Je reculerai un peu, juste un peu. Et puis je donnerai le signal à mon armée. Mes ennemis seront fusillés en deux trois secondes. J'assisterai à leur mort, lente ou rapide. Satisfaite. Dans la jouissance vraie, enfin.

Ah, quelle vie et quelle vengeance !

Je l'ai bien méritée, ma revanche. J'ai payé pour. J'ai tout donné. Ma peau. Mon sexe. Mon cul. Tous les fantasmes qu'ils avaient dans leur pauvre tête de clients coincés, je les ai réalisés. Tu le sais, toi, Zahira. Tu en as été le témoin privilégié. Je me cassais le dos à force d'être penchée toutes les nuits, courbée durant des heures, dans le froid glacial de la porte Dauphine. Dans leurs moqueries, leurs imbécilités. Leur lâcheté.

Mon appartement, derrière le métro Blanche, il est à moi. Je me suis démerdée comme une vraie tigresse, une vraie diablesse, pour l'avoir. J'ai bossé non-stop. Je ne suis pas comme toi, moi. Quand le sorcier yéménite de la porte de Saint-Denis a proposé de me faire des sorts plus forts, diaboliques, pour attirer encore plus de clients, je n'ai pas hésité. J'ai dit oui. J'ai foncé. Je n'ai pas fait la pure comme toi. L'hésitante. Celle qui a encore un cœur, des valeurs. Non. Cela n'aurait servi à rien. Il faut qu'ils paient, tous ces hommes, ces frustrés, ces affamés du sexe, ces connards. Je veux tout leur argent. Tout. Le maximum de fric. Je ne les aime pas, de toute façon. Ni à Alger, où je me suis fait violer gratis durant des années, ni ici dans ce trou qu'on ose encore appeler la plus belle ville au monde.

Mon cul, oui ! Mon trou de cul, oui, mais pas la plus belle ville au monde !

Mon appartement est magnifique. Jean-Jacques et Pierre l'ont bien décoré, et gratuitement. Je ne l'oublie pas. Mais, en contrepartie, je leur ai rendu pendant des années je ne sais combien de services, à ces deux Parisiens. Je leur ai cuisiné des tas de couscous et de tagines. Je les ai emmenés au hammam de Barbès de nombreuses fois et je me suis occupée parfaitement de leurs corps. Gommage. Massage. Régulièrement, au moins deux fois par semaine, j'ai satisfait leur libido débordante. Un petit coup avec celui-là. Une fellation vite fait avec l'autre. Deux doigts dans le cul de Jean-Jacques. Un seulement, le pouce, dans celui de Pierre. Il n'y a que comme ça qu'ils jouissent. Et après ils disent qu'ils ne sont pas passifs… C'est ça ! Et moi, tant qu'on y est, je suis la virilité incarnée ! Tu les connais bien, toi aussi, Zahira. Tu vois de quoi je parle. Ils font appel à toi de temps en temps, pour d'autres services. Je l'ai appris. Ce n'est pas la peine de le nier. Cela ne me dérange pas. C'est entre toi et eux. Tu le sais, ce vieux couple français trop parisien, qui a totalement oublié le coin perdu dans les Vosges d'où il vient, ne tient plus que grâce à moi. Je t'ai dit qu'ils sont contre mon opération. Ils ont tout fait pour me dissuader. Ils disent que je vais le regretter. Que c'est irrémédiable. Que je ne mesure pas toutes les graves conséquences que j'aurai à supporter après.

Mais de quoi je me mêle?!

Ils se la jouent intellectuels, ces deux pédales. Il faut qu'ils redescendent un jour sur terre. Mister Jean-Paul Sartre et la Señora Simone de Beauvoir, c'est fini. Depuis très longtemps. Avant même la fin du siècle dernier. Est-ce qu'ils sont au courant, tu crois? Tu parles, toi, avec tes clients de ce genre de sujets prise de tête?

Pardon. Je ne voulais pas me moquer de toi... Toi, toute la France est au courant, tu te spécialises dans le sauvetage humanitaire. Tu n'offres ton sexe qu'aux émigrés sales et sans le sou. Ne t'étonne pas alors de vivre encore dans cette cage de dix-huit mètres carrés à Barbès. Quand je t'ai connue, tu étais dans un neuf mètres carrés. Dix-sept ans plus tard, tu en es au double! Bravo, Zahira! Bravo, la Marocaine! Tes compatriotes doivent avoir honte de toi. Tu as 45 ans, c'est cela?

Bon, bon, j'arrête de faire l'idiote avec toi. Mais, quand même, je voudrais bien savoir à quoi te sert ton sorcier berbère d'Agadir? Et le juif des Halles, tu le vois toujours? Il te fait les sorts dont tu as vraiment besoin? Tu ne trouves pas que tu stagnes, que tu rates tous les trains sans jamais te remettre en question?

Réponds! Réponds!

Allez, allez, ne te fâche pas. Tu sais bien à quel point mon cœur t'aime. Je ne veux que ton intérêt, moi... Bon...

Bon… Je reviens à moi. Je parle de moi. C'est mieux. C'est plus rigolo. Plus léger. Plus festif. N'est-ce pas ? C'est moi qui mets chaque soir des tonnes de maquillage. Pas toi. C'est moi qui porte les minijupes. Pas toi. C'est moi qui enfile les perruques. Pas toi. Et c'est moi qui ai le plus de clients. Pas toi.

Tu ne dis rien. Je t'ai blessée. Tu es venue prendre le thé avec moi et voilà que je transforme nos retrouvailles en procès. Pardon ! C'est juste que j'ai peur pour toi, pour ton avenir. Tout passe, meurt, si vite. Il n'y a que l'argent de vrai et d'éternel…

Tu ne dis toujours rien. Je t'ennuie, c'est cela ? Prends un gâteau. Ils sont très bons, tu ne trouves pas ?… Je les ai achetés à La Bague de Kenza, comme d'habitude. Prends-en un peu avec toi quand tu voudras partir…

Tu vois toujours Hamdi l'Égyptien ? C'est lui qui me donne de tes nouvelles quand tu disparais. Il vient me voir régulièrement. Tu m'entends ? Régulièrement. Encore un Arabe gay incapable de s'assumer. Franchement, de quoi ont-ils peur ? Tu le sais, toi ? Ce n'est que du cul. Deux sexes qui se rencontrent, se touchent, jouissent ensemble, reviennent à l'enfance ensemble. C'est facile à admettre, à comprendre, non ? On veut tous baiser. Enfin, pas tous. Moi, j'aspire à autre chose. Mais eux, les autres, ceux qui prennent le métro, triment à longueur d'année pour pas grand-chose, paient des impôts et la TVA, ceux qui se croient plus libres que toi et moi, vraiment, de quoi ont-ils peur ? Qu'on les traite de pédés parce qu'ils viennent me voir ? Et alors ? Qu'on les traite d'enculés ? De pédophiles ? Et alors ?

Ils me dégoûtent. Tous. Non. Pas tous. Il faut être honnête. Pas tous. Certains d'entre eux sont des romantiques, ils veulent juste parler un peu, rire un peu, embrasser tendrement.

Les autres ont les poches remplies d'argent. On est là pour le leur prendre. C'est logique. Certains d'entre eux ont des maisons à la campagne ou au bord de la mer. Qu'ils y envoient madame et les enfants. Et qu'ils se dépêchent de venir me voir. Je suis prêt. Prête. Toujours. Et bien propre. Toujours. Même quand il m'arrivait de tapiner au fin fond de Clichy, je ne sortais jamais sans mes lingettes pour bébés. Après chaque coup, je me nettoyais bien comme il faut de leurs saletés, de leurs frustrations jamais assumées. Le jour, ils se gargarisent de mots trop grands pour dire la liberté dont ils jouissent. Et la nuit ils viennent se cacher avec moi et mes copines brésiliennes. Tu le comprends, ça, toi ? Tu n'as pas d'opinion ? Tu n'es pas spécialiste de ce marché. Je sais. Ça leur sert à quoi toutes ces lois si elles ne les empêchent pas de reproduire le même monde, beau de l'extérieur et, au fond, tellement coincé. À la limite, je veux bien croire que leur Jeanne d'Arc s'est réellement battue pour la liberté et que leurs ancêtres ont inventé les droits de l'homme. En 1789. Mais, au bout du compte, qu'est-ce qu'on trouve ici, à

Paris, au cœur du cœur de la France ? De la bourgeoisie bien étriquée, trop fière de sa culture et toujours bien contente d'elle-même. Des petites tribus ici, là, là-bas, qui me rappellent quelques-unes que j'ai bien connues en Algérie. Des deux côtés, c'est du pareil au même. Ils croient vivre dans la vraie liberté alors qu'ils ne font que se soumettre au plus fort, au plus brillant.

Tu veux des noms de ces tribus bien françaises ? Louis Vuitton. Hermès. Dior. Chanel. Le Louvre. L'École normale supérieure où enseignent mes zozos Jean-Jacques et Pierre. Le Panthéon où ils aiment aller se prosterner devant leurs Grands. Et après ils osent nous dire qu'ils sont contre l'esclavage, que Dieu n'existe pas ou je ne sais quoi d'autre comme conneries.

Bon. J'arrête là. Je suis en train de faire comme eux. J'analyse trop. Je cite des noms. Des références. Je fais dans les théories. Ce n'est pas moi, ça. Revenons à ma bite. C'est mieux.

Zahira. Zahira. Je veux un prénom comme le tien. Ça sonne tellement bien, Zahira. Tu es une *zahra*, ma chérie. Une petite fleur. Tu es une *zhira*. Un petit vent qui sent le *zhar*. La fleur d'oranger. Tu es le cœur. La folie. Le sang. Celle qui rend heureux. Et je sais de quoi je parle. Je les connais toutes, ici, tes collègues. Tes sœurs, comme tu dis parfois. Mais seulement parfois. Tu n'es pas comme elles. Les autres filles ont renoncé. Toi, au fond, non. Tu crois encore qu'il y aura bientôt quelque chose. Tes yeux sont devenus tristes. Mais ton âme aspire encore au miracle.

Tu seras sauvée, toi, Zahira. Je ne cesse de te le dire. Je sais que tu ne me crois qu'à moitié. Tu as tort.

Le protocole de trois ans est terminé. J'ai suivi toutes les instructions du docteur Johansson. J'ai répondu à toutes les questions des psychologues, des psychiatres et des gynécologues. J'ai suivi à la lettre toutes les instructions qu'ils m'ont données.

Demain, je vais couper mon sexe. Et dans la salle d'opération, juste avant de m'abandonner aux mains de l'anesthésiste, je ne penserai qu'à toi. Je ne penserai pas à ma mère. Ni à mon père. Ni à certains hommes, trois, que j'ai aimés d'amour pur. Je te mettrai devant mes yeux. Je renoncerai à moi homme, masculin, en m'inspirant de toi. Ton corps et ses rondeurs. Ton odeur qui leur met les sens en feu. Ta façon de marcher comme si tu montais très lentement un escalier. Tes yeux que tu ne baisses pas. Jamais. Tu n'as pas peur. Tu affrontes. Mais tu restes toujours polie. Classe. Je veux me réveiller femme avec le même regard que je vois dans tes yeux. Fixe. Parfois dur, parfois insolent. Toujours élégant. Où as-tu appris à utiliser tes yeux comme ça? C'est l'héritage de ton père? De ton grand frère?

Non, c'est juste toi, ce regard triste et qui pourtant ne plombe pas le monde.

Je veux le même. Le même. Tu es d'accord? Je sais que tu es d'accord, mon amie. Ma sœur possédée comme moi.

41

Tu dois choisir pour moi un prénom qui te ressemble. Avec un Z. Et un h. Et un a. La musique que j'entends dans « Zahira », je veux m'en approcher.

Alors, lequel tu prends ? Zouzou, comme l'actrice Souad Hosni dans le film égyptien *Méfie-toi de Zouzou* ? Zineb, comme la sœur de ton père disparue on ne sait où il y a très longtemps et qui me fascine tellement ? Zahia, comme ta tante la bien vivante ? Zohra ? Zhira ? Zahra ? Zannouba ?

Tu es devant sept prénoms. Lequel m'ira le mieux ? Par lequel je serai un peu toi ? Dis. Dis. Le dernier ? Dis…

« Zannouba. J'aime pour toi ce prénom. Zannouba. Zannouba…

– Pourquoi lui ? Il lui manque un h pourtant ? Réponds !

– En devenant demain femme, tu seras proche un peu plus de moi. Mais tu ne seras pas moi. Inutile de se leurrer. Je ne veux pas que tu prennes, même un peu, de ma malédiction.

– Toi, Zahira, maudite ?

– Oui, c'est ce que je suis. C'est ce que je vois.

– Tu as tort. Mille fois tort. Et tu devrais changer d'avis. Peut-être que les autres, ce monde aveugle et injuste, te jettent leurs insipides et sales malédictions. Peut-être. Crois-moi, cela ne t'atteint pas. Tu es bien au-delà d'eux. De tout.

– Tu me vois avec trop d'amour, Zannouba.

– Zannouba! Merci. Merci. Merci de m'avoir appelée déjà par ce nom neuf. Vrai enfin. Vrai par toi, grâce à toi. Je le prends comme ça : miracle et malédiction à la fois. D'accord, d'accord. De toute façon, je m'en fous. Je te veux toi, Zahira. Je serai Zannouba par toi. Je le suis déjà. Tu viens de me le confirmer. Tu m'as baptisée. Merci. Du fond du cœur. Merci pour nous toutes. Ne dis rien. Ne réponds rien. Il n'y a plus rien à verbaliser. Laisse-moi te toucher. Prends ma tête. Souffle sur ma tête. On ferme les yeux ? Vas-y! Vas-y! Tu l'as fait ? Moi, oui. Je ne vois plus rien. Je prends un peu de ta *baraka*... Ouvre tes yeux maintenant, Zahira. Reprends un peu de thé et un petit gâteau... Écoute, Zahira, écoute-moi parler... Je suis Zannouba. Voici le début de tout. De toutes les histoires de ma vie. La nuit qui ne doit pas finir. Les mots à inventer. Les identités à dénuder... Tu es avec moi ? Écoute alors... Écoute-moi faire comme Shéhérazade... Je remonte le temps. Je reviens aux origines. Écoute... Écoute bien, Zahira... »

LA TENTATION DU ROUGE À LÈVRES

Elles étaient toutes sur moi. Petit garçon de 8 ans. Heureux. Sept sœurs, rien que pour moi. Elles m'aimaient. S'occupaient de moi. De la tête aux pieds. Plusieurs mains qui me touchaient. Me nettoyaient. Me dorlotaient. Me massaient. M'enduisaient d'huiles et de parfums bon marché. Je me laissais faire chaque fois, sans jamais fermer les yeux. Les mains, surexcitées et joyeuses, se mêlaient, se mélangeaient, se disputaient sur mon petit corps.

Cela se passait dans le silence au début. Rien de lourd. On préparait l'événement. On se concentrait. On se mettait sur le tapis vert, dans le salon des invités.

Hiver comme été, c'était toujours le même rituel. Mes sœurs semblaient obéir à des ordres inaudibles, qu'elles seules pouvaient capter.

Il fallait me sacrifier. Elles savaient quoi faire. Comment me transformer. Toutes entrer en moi, devenir moi, faire de moi le lien avec le ciel.

On se cachait pour cette cérémonie. On fermait bien la porte d'entrée de la maison. On s'assurait que la mère était bien partie au souk. Il n'y avait personne. Que mes sœurs et moi.

J'étais heureux sans honte : un rêve. Je suis le seul garçon sur terre. Je suis la seule fille sur terre.

C'est cela qui se passait : l'Événement. Se transformer. Renaître. Revenir à l'origine. Je ne me posais aucune question.

7 filles + 1 garçon = 8 filles.

1 frère + 7 sœurs = 8 sœurs.

La loi du nombre. C'est la logique qui veut ça.

J'assistais à ma propre transformation. Ce n'était pas de la magie. C'était bien réel.

Mes sœurs apportaient tout. Le caftan vert de notre mère. Le foulard jaune de notre tante Batoule. Les babouches bleues de Saâdia, notre sœur aînée.

Trois couleurs, donc : le vert pour tout le corps, le jaune autour de la tête et les pieds en bleu.

Épanouie, cette petite armée s'apprêtait à accomplir une grande opération.

Le visage. Très simplement. Trois touches de rien du tout. Du khôl aux yeux. Du rouge à lèvres très rouge sur les lèvres. Et un peu de poudre sur les joues.

Les sœurs reculaient. Un peu éloignées, assises, elles formaient un cercle uni autour de la lumière.

Elles attendaient.

C'était mon tour.

Je me mettais debout.

Je passais, par le regard, d'une sœur à l'autre. Je les saluais doucement, amoureusement. Me reconnaissant en chacune d'entre elles.

7. Chiffre magique. Impair. Je suis le 8 qui le complète. Et le prolonge vers le 9. Je suis à la fois le 8 et le 9.

Couvé par le regard libre et bienveillant de mes sœurs, je vole, je dépasse les limites de ce monde. Et je tends le bras. L'une après l'autre, elles viennent déposer un baiser sur ma main.

J'étais un petit garçon. Je suis à présent une petite fille. Roi et reine.

Je reviens sur terre.

Une de mes sœurs lance un youyou. Puis un deuxième. Et un troisième. Cela augmente la joie entre nous. Nos yeux brillants vont éclater de bonheur.

Ma transformation continue. Je me mets à chanter.

Mes sœurs chantent elles aussi. Nos voix se mêlent les unes aux autres merveilleusement.

Je danse. En fille.

Je danse. En garçon.

Notre bonheur est grand. Personne ne peut nous le voler. Notre union est éternelle. Mes sœurs sont à moi, elles ne se marieront jamais. Les lois ne sont pas faites pour nous. Unanimes, nous cessons de les reconnaître. Le président Boumediene n'est plus notre président. Je suis le Maître. La Maîtresse. Le petit dieu. J'en suis convaincu.

Ils m'ont appelé à ma naissance Aziz. « Le cher au cœur ». Je le suis. Avec elles. Par leur bénédiction, je deviens Aziza.

Aziz. Aziza. Je pense les deux. Tout en continuant à chanter et à danser, je les mélange.

Et je tombe. Sans me faire mal. Je suis un corps par terre, dans l'extase. Les sœurs viennent sur moi. Elles me mangent de baisers.

Je les entends encore, ces baisers très sonores.

Ils ont cessé vers l'âge de 13 ans.

Il a fallu tout d'un coup rester Aziz et uniquement Aziz.

Mon malheur a commencé à ce moment-là, quand on m'a dit que l'enfance était terminée et qu'il était temps de porter le masque de l'homme. Ce n'était pas un conseil. C'était un ordre répété chaque jour et chaque nuit.

Très vite, les sœurs sont parties l'une après l'autre. On les mariait. On les donnait à des hommes étranges qui vivaient ailleurs, loin, très loin.

Je ne les voyais plus, mes sœurs.

Je ne les oubliais pas. Chaque matin et chaque soir, je disais leurs prénoms.

Saâdia. Hakima. Saïda. Fathia. Halima. Maryam. Nadia. Je suis resté seul.

Je suis seul. Sans joie. Sans magie. Sans innocence.

Elles m'avaient montré la voie. Le monde a tout détruit. Des hommes brutaux ont pris, kidnappé mes sœurs. Ils les violent, je le sais, sans cesse. Elles ne peuvent rien dire.

Elles avaient maintenant des enfants, mes sœurs. Mais je ne veux pas les connaître. Je ne voulais plus rien savoir d'elles, de leur nouvelle vie.

Le choc de notre séparation m'a anéanti. Je n'arrivais plus à parler, à manger, à goûter à la vie. Sans les corps de mes sœurs autour de moi, le sens était perdu, la lumière éteinte pour toujours.

Une nuit, j'ai pris une décision : ne plus exister. Je n'allais plus être un Algérien. Ni un Arabe. Ni un musulman. Ni un Africain. Rien de tout cela.

Je suis devenu dur. Un monstre. Un dégénéré. Sans but, sans guerre à mener.

On voyait bien que je me retirais du monde, mais personne n'est venu me tendre la main.

Plus tard, beaucoup d'années plus tard, j'ai réalisé le poids réel de ma tragédie, compris ce qu'on m'avait enlevé, vers quel enfer froid on m'avait poussé. Je me souviens très bien de ce jour.

C'est le jour où la tentation du rouge à lèvres rouge est revenue.

J'étais avec un client, le dernier, au bout de la nuit. Porte Dauphine. La routine. Au-delà de la fatigue. L'homme faisait son affaire dans mon derrière. Je ne ressentais rien. Je cherchais dans ma tête une chanson de Warda. « Khalik hena ». « Reste ici ».

Les coups de reins du client s'accéléraient. Je désespérais. Je ne la retrouverais pas, cette chanson. J'ai continué pourtant à chercher dans ce temps d'avant, là-bas encore en Algérie.

Et elle est venue. Revenue. Juste un petit bout :

> *Reste ici, reste.*
> *Inutile de partir en voyage.*
> *Tu dis : Seulement deux jours !*
> *Et tu pars une année.*
> *Inutile de partir en voyage.*
> *J'ai peur de demain*

Et de ce qui arrivera
Dès que tu seras parti.
Tu nous quitteras toute une année.
Et tu laisseras ici un amour blessé.

C'est en fredonnant tout doucement ces deux derniers mots, « amour blessé », « *habib mjrouh* », que soudain le passé enfoui a refait surface. Il a rejailli à travers un désir précis : la tentation du rouge sur mes lèvres. Un rouge à lèvres Chanel faux, fabriqué sans doute en Chine. Il me fallait celui-là et pas un autre. Retrouver vite, comme une urgence vitale, mon enfance, la joie au milieu de mes sœurs, moi enfant dans la gloire, par la magie du rouge à lèvres bon marché qu'utilisaient mes sœurs.

Je venais d'arriver à Paris. Je me prostituais habillé en garçon arabe un peu sauvage de là-bas, d'Algérie. C'est ce qu'ils aimaient, les clients, que je sente le bled, la sauvagerie du bled, comme ils aimaient dire.

Le client allait jouir d'une seconde à l'autre dans mon cul. Je me suis relevé légèrement. Cela l'a excité encore plus. J'ai regardé le ciel à la recherche d'un signe qui venait, je le savais.

Bruyamment, le client a éjaculé en moi. Mon moment préféré, l'une des raisons pour lesquelles je faisais ce métier. C'était chaud, doux, nourrissant. Je sentais le sperme de ce client habituel se frayer un chemin en moi, remonter loin, laisser sa marque partout.

Ainsi soutenu et réchauffé, j'ai eu la force, le pouvoir, de lire le signe qui m'indiquait où aller pour acheter le rouge à lèvres de mes sœurs, Chanel, faux et bon marché.

Tati.

C'est là que je suis allé dès le lendemain, au Tati de Barbès. Notre Printemps à nous, nos Galeries Lafayette, n'est-ce pas, Zahira?

N'est-ce pas?

Zahira! Zahira! Zahira! Tu t'es endormie? Tu dors vraiment?

À qui continuer à raconter mon histoire, alors?

Dors. Tu rates l'essentiel : ce moment où, après avoir trouvé le rouge à lèvres, j'ai compris qu'il fallait revenir au passé, reprendre là où l'histoire s'était arrêtée, en Algérie, à l'âge de 13 ans.

Quitter mon sexe, mon genre, les hommes, être une femme. Être une de mes sœurs. Avec elles. Loin d'elles. Couper tout ce qui est masculin en moi pour le devenir. Me réconcilier avec le petit enfant en gloire que j'avais été. L'écouter. Réaliser son rêve. Sa vraie nature. L'aimer de nouveau, enfin.

Demain, en fin de journée, j'irai à l'hôpital Saint-Louis. On m'introduira dans le bloc opératoire à 19 h 30. À 21 heures le docteur Johansson commencera l'opération.

On me la coupera.

Tu seras alors avec tes clients du soir, Zahira.

Tu penseras à moi. Hein? Tu penseras à moi. Tu le dois. Parce que moi je n'aurai plus accès à rien, ni à moi ni à mon corps. Ni à mes espoirs.

Pense à moi. Prie pour moi, à ta manière.

Je n'ai plus que toi, Zahira.

3. Au centre

J'aime Paris. C'est ma ville. Je n'ai pas de papiers français mais personne ne peut me contester ce droit. Cette appartenance. Paris est ma cité, mon royaume, mon chemin. C'est là que je voulais venir. Fuir. Grandir. Apprendre libre le monde. Marcher sans peur et partout. Marcher. Encore marcher. Devenir pute. Officiellement. L'assumer.

C'est là que je veux mourir. C'est là que je veux écrire mon testament. Je léguerai tout ce que j'ai au fils de la concierge. Ils viennent d'une banlieue de Lille. Ils sont tellement pauvres. Elle n'a que lui. Il n'a qu'elle.

Il a à peine 9 ans. Il s'appelle Antoine. Je suis amoureuse de lui.

Antoine : petit oiseau français charmant.

Antoine : petit amour avec des ailerons bien visibles.

Antoine : génie et magicien.

Il a tout compris, Antoine, il a deviné de lui-même quel était mon métier, Antoine. Quand sa mère l'envoie pour me donner le courrier, il me regarde, gentil. Il ne dit pas un mot. Je me baisse. Il m'embrasse sur les deux joues, très lentement.

Sa peau est comme le lait. Je n'ai pas besoin de la lécher pour connaître son goût, son sucré et son salé. Je regarde Antoine. Antoine me regarde.

Il me demandera plus tard, quand il sera un peu plus grand, quelque chose, lui aussi. Je ne lui refuserai rien. J'ouvrirai mes bras tendres.

J'aime son prénom. J'aime sa façon de mettre un pas après l'autre. J'aime quand, parfois, je le surprends assis sur les marches dans la cage d'escalier en train de pleurer. Je ne le dérange pas. Je laisse les larmes aller jusqu'au bout. Une fois, une seule fois, il m'a dit pourquoi il pleurait.

« Rex est mort, Zahira ! Il est mort !

— Mais qui est Rex, Antoine ?

— Le chien de… ma tante… à Lille… Il est mort.

— Quand ?

— Il y a un mois.

— Et tu viens de l'apprendre ?

— Non… Je le sais depuis un mois… »

Je me suis assise à côté de lui. Il a continué à pleurer. Puis il a mis sa tête sur ma jambe.

« Rex est mort. »

Je me souviendrai toute ma vie de cette petite phrase.

Antoine m'a donné ce qu'il y a de plus beau, de plus rare. Un souvenir précieux et pur.

Le chien Rex était mort depuis plusieurs semaines déjà. Antoine, petit être de 6 ans à l'époque, venait de comprendre, de réaliser quelque chose. Le sentiment de la perte. Le besoin d'un coin solitaire où se réfugier. Le souhait d'être soulagé, consolé, aimé, par quelqu'un.

Dans mon testament, il n'y a que lui.

Il n'y aura que lui. Antoine, c'est Paris désormais pour moi. Paris et la vie.

Je vis dans cette ville depuis dix-sept ans. Je devrais la haïr, la maudire, la quitter. Aller ailleurs : rejoindre mes copines qui font fortune en Suisse, à Genève et à Zurich surtout. Elles ne cessent de me relancer. Il paraît qu'ils manquent de filles là-bas. Les Marocaines ont beaucoup de succès avec les Suisses, qui sont toujours aussi généreux avec elles. Mais, moi, l'argent ne m'intéresse pas. Ce n'est pas cela mon moteur, ce qui me pousse à ouvrir mes jambes aux clients. Je n'en ai d'ailleurs pas tant que ça, je dois bien l'avouer. Qu'importe. Dans mon immeuble il y a Antoine : ça c'est important. Et deux stations de métro plus loin il y a Iqbal : mon Sri Lankais.

Mon amour.

J'ai commis une grave erreur avec lui. Après l'avoir rencontré et lui avoir déclaré mon amour, j'ai continué à faire mon métier. Un jour, j'ai fini par coucher avec deux de ses amis, sans savoir qu'ils étaient amis. Une semaine plus tard, ils m'ont vue avec lui dans sa blanchisserie de la rue des Martyrs.

Bien sûr, ils lui ont tout dit.

Iqbal a coupé immédiatement tout lien avec moi. Il a même changé de numéro de téléphone portable.

L'heure était grave. Il fallait ravaler ma fierté et passer à la contre-attaque.

J'ai laissé quand même passer une semaine avant de débarquer un soir dans sa blanchisserie.

Iqbal était en train de faire ses comptes. Il aime ça, lui, les sous, le fric. Et, bizarrement, c'est cela que j'aime en lui. Son côté organisateur et, toujours, prévoyant.

Je me dis qu'il fera sans aucun doute un très bon père.

Je suis tombée amoureuse de lui. Je veux l'obliger à se marier avec moi et avoir, vite, des enfants ensemble. J'ai encore à peu près deux ans devant moi pour accomplir ces deux miracles. J'ai 40 ans. Il paraît qu'on peut en avoir même à 45 ans. À condition d'avoir enfanté auparavant. Ce qui n'est pas mon cas. Mais, bon, Iqbal va ouvrir tout pour et en moi. C'est avec lui que je deviendrai maman. Je le sais. Un point, c'est tout.

Bien sûr, dès qu'il m'a vue franchir la porte de la blanchisserie, il a été très gentil, très courtois. Comme d'habitude, il a tiré les stores. Et on a fait l'amour par terre, comme des fous : une explosion interminable.

Ça, c'est l'autre raison de ma passion pour mon beau Sri Lankais. Sexuellement, on est venus sur terre pour être ensemble. L'un dans l'autre.

Il me laisse volontiers le dominer, jouer avec lui, jouer de lui, le lécher, le mordre, le tordre dans tous les sens. Et, pour jouir, il veut toujours que je le pénètre. Un doigt. Parfois deux. Grâce aux conseils de mon ami algérien Aziz, j'ai appris à parfaitement exécuter cela, lentement, doucement.

Je connais tout du fonctionnement sexuel de mon Iqbal. Tout de ses secrets, de ses hontes.

Moi, je jouis rarement avec lui. Mais cela n'est pas du tout important. Je peux y arriver seule quand je veux, où je veux.

Iqbal a besoin de moi. Il n'y a que moi qui le comprenne. Et, en plus, je suis musulmane et arabe. C'est-à-dire : le fantasme ultime pour les Sri Lankais, les Pakistanais, les Indiens et leurs cousins. Une musulmane devant laquelle Iqbal n'a pas peur de se laisser aller, de s'ouvrir complètement.

Et j'aime ça. Qu'Iqbal devienne ma petite femme. Et après, quand on a fini, qu'il redevienne homme. L'homme.

Iqbal l'est de toute façon, pas de doute là-dessus. Il suffit de le voir marcher dans la rue, regarder d'en haut les gens, leur parler avec une autorité naturelle, les snober parfois, ne leur donner que ce qu'il veut bien leur donner. Sur l'échelle des émigrés en France, il est tout en bas. Mais il s'en fout. Les Français blancs, trop arrogants, ça ne l'impressionne pas du tout.

Il n'a jamais peur.

Il se comporte en permanence comme un roi. Le roi de Paris. Peut-être que, là, j'exagère, un peu. Disons : il est le roi des Sri Lankais à Paris. D'ailleurs, en à peine dix ans, il possède déjà cinq blanchisseries et cinq Lavomatic.

Iqbal est riche. Et ça, c'est la troisième raison qui me pousse à tout accepter. Avec lui, je n'aurai plus à me prostituer. Je serai la femme du roi. Le chemin est encore long, cela dit.

Après que nous avons fait l'amour sur le sol froid de sa blanchisserie, Iqbal m'a lancé son verdict, en quatre phrases :

« Je savais que toutes les Marocaines étaient des putes. Mais je ne savais pas que tu en faisais partie. Mes amis Ramzee et Salman m'ont dit qu'ils ont couché avec toi. Et qu'ils t'ont bien payée. »

C'est tout. Pas un mot de plus.

J'ai tout nié, bien sûr. Tout, d'un bloc.

« Moi, une pute ! Mais tu es devenu fou ou quoi, Iqbal ? »

Il m'a regardée fixement. Je n'ai pas baissé le regard, évidemment. La confrontation par les yeux a duré presque une minute. Il fallait qu'un petit peu de doute s'insinue dans sa tête.

Je croyais avoir réussi dans cette mission. J'avais tort.

Iqbal m'a emmenée ce soir-là dans un restaurant turc, son préféré, qui se trouve sur la rue du Faubourg-Saint-Denis. Nous n'avons plus reparlé du sujet. À la place, nous avons ri, beaucoup, et mangé, énormément. On s'est séparés tard dans la nuit sans rien nous promettre.

J'ai vu Iqbal tourner le dos et marcher dans la rue. Moi, terrorisée, je l'ai regardé s'éloigner, disparaître.

Je n'ai pas dormi cette nuit-là, bien sûr. J'ai passé dans ma tête toutes les possibilités qui me restaient pour continuer d'avoir Iqbal dans ma vie.

Depuis, c'est l'impasse, totale.

Il a encore besoin de moi sexuellement. Il vient une fois tous les quinze jours. On fait l'affaire. Il repart. Sans un mot.

Parfois, quand il ne vient pas durant un mois, c'est moi qui me déplace à la blanchisserie. Il ne dit jamais rien. Il baisse son pantalon. On fait ce qu'il faut. Et je m'en vais.

Je suis sûre qu'il est amoureux de moi. Comment en serait-il autrement ?

Avec le temps, je suis devenue experte dans la satisfaction de ses moindres désirs, y compris ceux dont lui-même n'a pas complètement conscience.

J'ai maintenant un plan que je peaufine très patiemment. Je ne renoncerai pas à Iqbal. Jamais de la vie. Je ne suis pas marocaine pour rien.

On ne cesse de me dire, depuis toute petite, que les hommes ne se marient jamais avec leur fantasme sexuel. Ce n'est pas la peine d'essayer. C'est la réalité du monde partout, à ce qu'on dit. Les hommes épousent les femmes qui leur rappellent leur maman, pas celles qui les font bander, jouir.

Ah bon. Eh bien, on va voir ce qu'on va voir !

Iqbal, il est déjà à moi. C'est juste qu'il ne le sait pas encore. Il m'appartient cœur, corps, âme et sexe. Il a été créé pour moi. Uniquement pour moi.

Je l'aurai, quoi qu'il arrive. Il me passera au doigt une bague très chère un jour, un jour très proche. Je travaille pour cela. Sérieusement.

J'ai trois sorciers. Un, juif, à Paris pour les dépannages. Un deuxième, berbère, à Gennevilliers. Un troisième, marocain, à Azilal, dans les montagnes de l'Atlas : c'est mon préféré, celui qui me comprend le mieux, qui me laisse tout lui raconter, même les détails les plus crus, les plus sordides. Le seul problème avec lui c'est qu'il habite loin de Paris, au fin fond du Maroc. Je ne peux pas aller le voir souvent. Je vais le faire venir ici très bientôt, avec un visa touristique. Un mois dans le même immeuble que moi. Il y a au deuxième étage un studio meublé que je louerai pour lui, pour qu'il accomplisse ses travaux de sorcellerie bien comme il faut. Un mois exclusivement pour faire tomber Iqbal, lui faire faire enfin ce que je veux.

Tout comme moi, mon sorcier d'Azilal en a marre de travailler à distance sur Iqbal. Je l'appelle souvent pourtant pour le tenir au courant de la situation et avoir son avis.

Iqbal est toujours attaché à moi, je le vois clairement, par le sexe et par autre chose : l'amour, j'en suis sûre.

Mais, moi, je veux plus, j'exige plus : devenir sa femme. Sinon, à quoi bon trimer du matin jusque tard dans la nuit, accueillir entre mes jambes tous les émigrés troisième classe de Paris ? Comme par magie, ils finissent tous par trouver mon chemin, frapper à ma porte. Et, souvent, ils n'ont pas beaucoup d'argent, pas la somme que je leur demande en tout cas. Je n'ose jamais les renvoyer chez eux frustrés. Alors, je me sacrifie, si je peux dire. Je mets une chanson d'Oum Kalthoum et je m'allonge. Sans se déshabiller complètement, ils sautent sur moi, plongent en moi, s'oublient en moi, dans la chaleur de mon sexe.

Si étrange que cela puisse paraître, j'éprouve toujours avec eux un certain plaisir. Pas vraiment sexuel. Plutôt le plaisir de la tendresse, de la détresse, de la faim un petit peu rassasiée. J'ai l'impression d'être une sœur pour ces hommes arabes et musulmans.

C'est devenu ma spécialité. Les hommes arabes ou musulmans de Paris. La plupart sans papiers. La plupart usés par cette ville qui les maltraite sans remords et par des patrons français blancs qui les exploitent au noir sans éprouver aucune culpabilité.

Des Turcs. Des Égyptiens. Des Tunisiens. Des Algériens. Des Indiens. Des Marocains aussi, mais rarement. Quelques hommes déchus des pays du Golfe.

Ma préférence, de loin, va aux Pakistanais. Iqbal ne ressemble pas aux hommes sri lankais. Il fait plutôt pakistanais. Un peu plus dur qu'eux, pourtant.

Les hommes pakistanais de Paris sont les plus doux de la terre. Bien élevés. Polis. Jamais je ne leur demande de se laver. J'aime leur odeur, leurs manières suaves, leur timidité, leurs murmures.

Je ne comprends pas leur langue. Ils ne comprennent pas l'arabe et parlent très mal le français. Ils sont différents de mes clients arabes tout en étant musulmans comme eux. Mais ce côté musulman est tellement plus inspirant sur eux. Tellement beau, rare. Les Pakistanais, pour moi, sont ceux qui ont le mieux gardé cette qualité musulmane. Ce qui fait que l'islam est l'islam.

Parfois, je ne leur demande même pas de payer. Les regarder faire de moi ce qu'ils désirent me suffit largement. C'est comme aller au théâtre, au cinéma, pour voir un spectacle avec son acteur préféré, pas celui qui vous excite sexuellement, non, celui qui vous donne des rêves, vous emmène au ciel. C'est cela que je trouve chez les Pakistanais. La Paix. Le Paradis. L'Amour qui se passe de mots.

Si seulement Iqbal pouvait devenir comme eux. Un ange pur.

Mon jeune sorcier juif des Halles m'a dit plusieurs fois que cette transformation est possible. Je l'aime bien. Il s'appelle Samuel, très joli prénom. Il est drôle. Je crois qu'il est un peu gay. Même beaucoup gay. Mais, malheureusement, il n'est pas fort comme sorcier. Ce qui m'étonne énormément. Au Maroc, les sorciers juifs passent pour être les plus puissants du monde.

Mon sorcier de Gennevilliers n'est pas sérieux. Dès qu'il me voit, il bande. Et, du coup, il n'arrive pas à se concentrer sur son vrai travail : entrer en communication avec les djinns. Non qu'il faille nécessairement être pur pour les appeler, les réveiller, mais il est quand même recommandé de ne pas avoir une érection à ce moment-là. Sinon, tout se brouille. Et c'est ce qui arrive systématiquement avec lui ces derniers temps.

Alors ?

Alors, il ne me reste que mon sorcier du bled, d'Azilal. Il arrivera dans deux semaines.

J'ai beaucoup travaillé ces derniers temps. J'ai même accepté les Blancs, les vieux Arabes de Belleville qui ne savent plus quoi faire de leur vie et les petits étudiants marocains, parfois riches, qui rôdent autour de la gare Montparnasse sans savoir comment aborder ces horribles chipies de petites Françaises bien fades. J'ai élargi mon terrain de chasse jusqu'à la rue du Faubourg-Saint-Denis, où l'on peut croiser aussi des Kurdes, des Afghans et même quelques Irakiens chiites.

J'ai gagné pas mal d'argent.

Et, avant que le *haj* d'Azilal n'arrive, il me reste encore quelques ouvertures du côté des Champs-Élysées, dans les cabarets orientaux envahis par la nouvelle génération des prostituées marocaines, celles qui viennent tout juste de débarquer en France et qui rêvent encore haut. Le ciel. C'est-à-dire un richissime homme des pays du Golfe. Ou même un prince. Elles savent, comme je le sais, qu'il y a pas mal de membres des familles royales de ces pays qui viennent s'amuser et chasser les Marocaines faciles à Paris.

Je suis plus que vieille, comparée à elles. Je m'en fous. Il faut amasser un maximum de fric. Le *haj* d'Azilal va rester un mois. Il va beaucoup me coûter. Qui sait, je pourrais enfin gagner le gros lot…

Tout cela pour Iqbal. Tout cela pour l'amour et sa folie. Tout cela pour ne pas être encore seule.

J'en ai marre de me raconter chaque nuit les mêmes histoires fantaisistes. J'en ai marre de ne plus rien sentir entre mes cuisses en fin de journée. Car il faut se les prendre, tous ces zobs bien durs, trop forts et tellement impatients.

J'en ai marre de n'arriver à rien de concret. Je donne. Je donne. Rien de réel. Rien pour plus tard. Un mari. Un mariage. Une affaire immobilière. La paix. Rester à la maison. Faire semblant d'être soumise. Engager une bonne ou deux. Leur donner des ordres. Diriger mon monde sans bouger de mon canapé. Et, surtout, grossir. Manger pour avoir des formes généreuses et débordantes.

Je sais qu'Iqbal va m'adorer comme ça, en femme d'intérieur bien assumée, grasse et délicieuse.

Il pourra me payer cette vie, lui. Il a plus qu'il ne faut pour réaliser mon bonheur, mes rêves. Il n'y a que lui pour me guérir de mon mal de vivre, pour me sortir de l'amertume et l'aigreur qui s'installent petit à petit en moi. Je suis prête à tout lui donner. Il peut m'esclavagiser s'il veut. Me maltraiter s'il veut. J'accepterai tout. Tout. Mais qu'il vienne. Qu'il cède. Et il verra bien ce qui lui arrivera.

Je lui ferai changer de monde. De Dieu. De famille. Il sera ma chose, ma came, mon kif. Mon mec légal. Mon homme *hallal*.

Je sais que je ne demande pas trop à la vie, à Dieu. Je le sais. Je ne veux qu'Iqbal pour entamer avec lui le dernier chapitre de mon existence. Rien d'autre.

Il y a quelques semaines, je suis allée voir mon ami Aziz. C'était la veille d'une opération importante pour lui. Il change de sexe. Comme d'habitude, il voulait que je lui raconte encore une fois l'histoire de la disparition de Zineb, la sœur de mon père. Bien plus que moi, le mystère de cette femme l'obsède. Il se reconnaît dans son geste. Elle était là. Elle n'est plus là. Comme d'habitude également, nous avons regardé un bon film de Bollywood. Nous adorons tout ce qui vient de l'Inde. Puis nous avons parlé de nos projets et de nos malheurs. Il m'a raconté son passé triste et l'origine de son désir de devenir une femme. Et moi, pour le divertir, je lui ai raconté l'histoire de Naïma, mon ancienne meilleure amie à Paris. Sa vie ressemblait beaucoup à la mienne. Comme elle, j'attends dans l'espoir. Je sais que les miracles arrivent. Ils existent. Ils existent. Je les vois. Iqbal ne peut pas me décevoir.

Juste au moment où tout allait se fermer devant Naïma, les portes se sont tout d'un coup ouvertes. Larges. Très larges.

J'ai raconté cette histoire comme une légende. Fasciné, excité, Aziz m'a écoutée les yeux remplis de reconnaissance.

L'HISTOIRE HEUREUSE DE NAÏMA

« J'ai eu raison de ne pas renoncer. Mon destin a fini par s'accomplir, trouver une voie nouvelle, la sienne, vraie depuis le début. Il y avait un sens à cette vie torturée, sans goût, longtemps gâchée. Il a fallu que je passe par le désert immense pour que j'y trouve enfin mon oasis. Ne te détourne jamais de ton but, Zahira. Tu finiras par trouver ton salut. Le vœu du cœur sincère finit toujours par être exaucé. »

Naïma a bien raison de parler comme ça.

Elle a fini par trouver un endroit où se reposer, où s'abandonner, ne plus être sèche et aigrie.

Ses paroles sont remplies d'une philosophie un peu naïve mais elles sont tellement sincères. Elle parle enfin dans sa propre langue, celle de tout au fond et que personne ne voyait.

Elle vient de loin, Naïma. De très loin. Elle a 50 ans aujourd'hui. Et, Dieu merci, elle n'est pas devenue une bonne musulmane, comme tant d'autres en fin de carrière. Elle ne veut pas aller à La Mecque pour se laver de ses péchés. Non. Non. Elle considère qu'avoir fait la prostituée durant toutes ces longues années, c'est largement suffisant pour qu'elle entre, à sa mort, au paradis. Elle a été meilleure musulmane que tant d'autres qui nous cassent les oreilles avec leur piété de façade.

Elle rit aujourd'hui, Naïma. Elle mange. Elle envoie de l'argent à ses frères à Casablanca. Elle veille de loin sur la tombe de sa mère, enterrée dans leur bled d'origine, du côté d'El Jadida.

Elle m'a pardonné. Il y a des années, je venais d'arriver à Paris, je lui volais régulièrement ses clients. Je ne savais pas comment faire à l'époque pour en avoir.

Naïma m'a dit, la semaine dernière :

« Je voyais tout, Zahira, et je te laissais faire. Tu allais comprendre de toi-même un jour et te repentir. Il n'y a rien à pardonner, petite sœur. Tu as fait ce que tu devais faire. Et puis, voler, c'est aussi un art. »

Les larmes ont commencé à couler de mes yeux. Elle n'était plus Naïma. Elle était devenue une sainte. Une vraie. Je me suis agenouillée et j'ai baisé ses pieds. Elle a mis ses deux mains sur ma tête. Elle m'a relevée. S'est approchée de mon visage et a déposé un baiser tendre sur mes lèvres reconnaissantes.

Elle me donnait sa *baraka*.

« Le chemin noir peut conduire quelque part. L'enfer est peut-être éternel, oui, mais à un moment il cesse d'être seulement l'enfer. Il se transforme. On s'adapte.

Quelque chose en nous s'ouvre. Le miracle arrive. Il faut qu'il arrive. »

Naïma parlait comme un prophète. Je le lui ai dit. Elle m'a ri au nez.

« Je ne suis ni prophétesse ni poétesse, et encore moins une âme pure. Ne change pas de regard sur moi. Je suis pute comme toi. Enfin, je ne le suis plus. Mais je ne renie rien de mon passé. Ne change pas, Zahira. On ne change pas. On avance. On va et, un jour, les choses se mettent ensemble, s'organisent. Font sens. Ou pas. Alors, s'il te plaît, ne me traite pas comme la femme que je ne suis pas devenue... Tu connais mon histoire, non ? »

Bien sûr que je la connaissais.

À la fin de sa carrière comme prostituée, personne n'avait voulu tendre la main à Naïma, la sauver de la déchéance. Elle coulait, seule, dans Paris, ville qu'elle adore elle aussi.

Après du baby-sitting, métier qui ne payait pas grand-chose, chez les bourgeois affreux du XVIe arrondissement, elle était devenue barmaid dans un bar pour vieux Arabes encore pas remis du choc d'avoir donné leur jeunesse, leur force, leur âme, pour la France, pays plus qu'ingrat avec eux et que, pourtant, ils n'arrivent jamais à quitter.

La déchéance de Naïma a duré deux ans dans ce bar glauque du côté du métro Goncourt, en face de l'église... Elle se laissait aller. La nuit, après la fermeture, elle s'offrait à presque tous ceux qui voulaient encore bien d'elle. Pour rien.

Impossible de croire que cette femme anéantie était la même que celle qui avait commencé sa carrière dans les hôtels de luxe de Casablanca, de Beyrouth, Le Caire et Londres. Elle qui faisait tourner toutes les têtes, choisissait qui elle voulait, fixait ses prix en dehors de tous les barèmes, elle était maintenant un chiffon trop jaune, trop essoré, trop élimé, bon pour la poubelle.

Son histoire me donne de l'espoir. Quelque part, dans cet hiver, sur cette terre toujours froide, au-delà de la terre, il y a un cœur grand pour chacun, chacune, pour nous tous.

Être barmaid ne suffisait pas à Naïma pour tout payer : le loyer, le téléphone, les factures, les impôts, les études de ses neveux et nièces au Maroc, son sorcier africain qui lui organisait régulièrement des séances pour un petit peu amadouer les djinns qui l'habitaient. Il lui fallait plus d'argent pour satisfaire tout ce monde qui dépendait d'elle, qui n'aurait pu continuer à survivre sans son aide.

Ils sont nombreux, les frères et sœurs de Naïma qui se trouvent dans le même cas qu'elle. C'est leur destin, notre destin : payer par notre corps l'avenir des autres.

Barmaid le soir et une partie de la nuit. Femme de ménage dans un hôtel du XVᵉ arrondissement, du côté du métro Convention. C'est comme ça qu'elle s'en sortait, plus ou moins.

Le patron de l'hôtel était algérien.

Plus tard, après leur mariage, il lui a dit qu'il était tombé amoureux d'elle dès leur première rencontre. Le premier regard.

Elle ne le croit pas. Lui n'a jamais cessé de le jurer. L'amour immédiatement.

En réalité, Naïma n'a passé que deux mois dans cet hôtel. C'était trop fatigant. Éreintant. Elle a préféré revenir au baby-sitting tout en continuant son travail au bar.

Deux ans plus tard, l'Algérien est venu boire un verre dans le bar où elle continuait son travail de nuit.

« Tu ne te souviens pas de moi ?

– Non.

– Tu es sûre ?

– Je suis sûre.

– Regarde-moi bien… Je suis gentil ?

– Oui, très gentil.

– Tu te moques de moi ?

– Un tout petit peu.

– Tu ne te souviens pas des hommes gentils, toi ?

– Je n'en croise plus depuis quelque temps. Je crois que c'est fini.

– Quoi, fini ?

– Les gens gentils.

– Je suis un homme gentil.

– Je te crois.

– Tu dois me croire… Naïma…

– Tu me connais ? Tu connais mon prénom ?

– Je ne l'ai jamais oublié.

– Arrête de me faire marcher.

– Je suis sérieux, Naïma. Je suis le directeur algérien de l'hôtel Astoria où tu as travaillé un moment il y a deux ans… Tu vois, maintenant ?

– Je vois, oui… Je vois…

– Cela me fait plaisir.

– Pardon ?

– Tu ne me demandes pas mon prénom ?

– C'est quoi, ton prénom ?

– Je m'appelle Jaâfar.

– Enchantée, Jaâfar. Je suis marocaine.

– Je le sais, Naïma.

– Tu prends un verre de vin ? Je te l'offre…

– Je ne suis pas venu ici pour cela… Je ne bois pas de toute façon…

– Pourquoi tu es là alors ?

– Pour te voir. Te retrouver. Te proposer quelque chose.

– Quoi ?

– Dis mon prénom… S'il te plaît…

– Jaâfar.

– Encore une fois. »

Jaâfar était réellement tombé amoureux de Naïma dès le premier jour. Follement amoureux. Mais il ne lui a rien dit à l'époque. Il était marié. Sa femme était en train de mourir à l'hôpital. Il savait parfaitement ce qui

71

lui arrivait, l'amour qui entrait dans son cœur avec un grand bruit.

Il n'a pas hésité sur ce qu'il fallait faire. D'abord accompagner sa femme jusqu'au bout, jusqu'à la porte du ciel. Ne pas la renier alors qu'elle était encore vivante.

Il n'a donc rien révélé à Naïma, ne lui a rien laissé voir.

Deux ans plus tard, après la mort de sa femme, il a vendu tout ce qu'il possédait à Paris : l'hôtel et trois appartements. Il s'est retrouvé avec une bonne petite fortune. Il en a partagé la moitié entre ses deux enfants qui avaient chacun fondé sa propre famille.

Et il s'est mis à rechercher Naïma.

Jaâfar n'était pas vraiment un vieux. Il avait à peine 56 ans.

Naïma se considérait comme finie, morte vivante, quand l'Algérien l'a retrouvée. Ce qu'il lui a raconté, dans le bar sordide où elle noyait sa déchéance, l'a plus que surprise. Elle a eu du mal à le croire.

Elle le lui a dit. La réponse courte de Jaâfar l'a déstabilisée et, en même temps, a ouvert quelque chose de nouveau en elle.

Jaâfar a dit :

« Je suis peut-être menteur mais là, devant toi, je dis la vérité. Depuis plus de deux ans, je rêve de toi jour et nuit. Tu dois me croire. »

Il a dit tout cela en arabe, avec l'accent algérois.

Le cœur de Naïma s'est soudain attendri sans lui demander son accord.

Jamais auparavant on n'avait fait une déclaration d'amour sincère à cette femme.

Elle était heureuse. Bien sûr. Elle n'a rien trouvé à dire à Jaâfar. Elle a juste baissé les yeux. Et a laissé couler une larme. Jaâfar s'est levé et, courageux, a osé essuyer cette larme. Les Arabes qui se trouvaient dans le bar ce soir-là n'en croyaient pas leurs yeux. L'un d'eux a applaudi. Un deuxième. Tout le bar.

Naïma dit que les miracles existent. Sa famille est maintenant fière d'elle.

Naïma a emmené Jaâfar à Casablanca. Ils ont fait un grand mariage. Ils ont acheté une maison à El Jadida, la ville d'origine de Naïma. Mais, elle comme lui, ils aiment Paris. C'est là qu'ils veulent aller jusqu'au bout de leur dernière chance.

Je ne sais pas si je veux être comme Naïma. Je n'aurai jamais sa chance. Mais je crois en son miracle.

Et, comme elle, chaque matin je me dis que, quoi qu'il arrive, Paris est à moi. À nous. À toi aussi, Aziz.

Tu es d'accord avec moi ?

PARTIE II

Paris, août 2010

1. Dans les nuages

Je suis une femme. Je suis devenue une femme. Cela fait deux mois maintenant.

Je parle toute seule.

Sans me regarder dans le miroir, je sais, je suis les changements qui se produisent en moi. Et je parle.

Je ne vois personne. Je ne veux pas voir dans les yeux des autres le monstre que je suis devenue. Leur fausse compréhension. Leur pitié. Leur malaise. Leur gentillesse forcée. Alors, je mets tout le monde à l'écart. Je reste seule dans cet appartement trop grand, décoré dans un style trop français par mes amis Jean-Jacques et Pierre. Même Zahira, je ne veux pas qu'elle vienne souvent. Deux fois par semaine. Pas plus. Elle me fait les courses. Me prépare à manger pour plusieurs jours. Nettoie ce qu'il y a à nettoyer. Range ce qu'il y a à ranger. Me donne trois baisers sur chaque joue avant de partir. M'appelle par mon nouveau prénom.

Zannouba.

« Zannouba » sort de la bouche de Zahira comme une évidence. Un sourire qui vient de très loin. Moi dans une vie antérieure. De retour à la réalité du monde.

À part Zahira, les autres peuvent aller se rhabiller. Je n'ai pas besoin de leur solidarité, ni de leur soutien. Qu'ils gardent leurs bons sentiments et leurs conneries pour eux.

Moi, j'ai besoin d'un regard vrai, libre, qui ne me juge pas, qui se pose sur moi et c'est tout.

Zahira. Encore et toujours elle. Zahira est la seule capable de cela. Une main sur mon front. Un baiser sur ma main. Un mot qui me fait renaître. *Khti*. Ma sœur.

Je la crois.

Elle, je la crois depuis toujours. Même quand elle se moque de moi, je la suis dans ses élans et ses tristesses.

Zahira a compris qu'il ne fallait pas qu'on m'appelle trop en ce moment. Il n'y a rien à dire. L'opération a eu lieu. On m'a changé de sexe.

Je devrais me sentir femme. Être heureuse. Joyeuse. Faire une fête. Être légère, comme avant. Comme dans mes rêves d'avant.

C'est l'inverse qui m'arrive.

Je pleure jour et nuit. Nuit et jour.

En bas, entre mes jambes, ce qui était lourd, gênant, est parti.

On l'a coupé. En moi, à la place, il y a une ouverture. Mais je ne sens rien.

Rien.

Il y a de l'air qui entre. Passe. Je devrais frissonner. Vibrer. Mais non. Rien.

Je n'entends rien en bas.

Même quand je pisse, il n'y a pas les petits bruits délicats que j'attendais. À la place, un jet d'eau fort. Cela sort, fort. Comme avant, fort. Cela ne fait pas femme qui pisse. Non.

Grand désespoir.

Je vais aux toilettes je ne sais combien de fois par jour. J'essaie que mon idée de la femme se concrétise, à travers cet acte quotidien, multiple. J'essaie de ramener les souvenirs sonores de ma mère en train de pisser librement, sans aucune gêne. Retrouver le son particulier.

TSSSSSTSSSSTSSSSS.

Impossible! Je n'y arrive jamais.

L'eau jaune qui coule de moi est comme un torrent. Elle est poussée et traversée par une énergie forte que je connais trop bien et dans laquelle je ne me suis jamais reconnue. On dirait une chute au milieu d'une rivière.

J'ai honte.

J'arrête de pisser. Je prends mon visage entre mes mains.

Je suis devenue une femme. De l'extérieur. Le zob et les couilles sont partis, je les ai enterrés moi-même. Au fond, tout au fond, il y a encore, et il y aura sans doute jusqu'au bout, un courant de masculinité qui m'a toujours été plus qu'étranger.

Pendant des années, dès que j'ai pu gagner un peu d'argent à Paris, j'ai tout fait pour masquer cette virilité envahissante. Crèmes. Maquillage. Habits. Épilation. Perruques. Chaussures à talons aiguilles trop hauts. Hormones. Injections.

Cela a caché un peu les choses. Jamais complètement. Je ne comprends pas. Je ne comprends pas.

Ce qui se passe à l'intérieur de moi me dépasse.

J'ai obéi à ma nature profonde, ce que j'ai toujours senti à l'intérieur de mon cœur secret : je ne suis pas un garçon, je suis une fille.

Il fallait faire cette opération. Ce changement qui n'en était pas un. Je ne passerais pas du garçon à la fille. Je deviendrais la fille que je suis depuis toujours, bien avant que je ne vienne au monde.

Maintenant que cela est fait, la transformation évidente, la réparation plus que nécessaire, je me retrouve insatisfaite. Totalement dépassée par le côté viril qui coule encore en moi, dans mes veines, qui domine dans mes gènes.

Qu'est-ce que je vais faire maintenant ?

Je n'arrive plus à aller aux toilettes. Je ne veux plus. Et pour que l'envie de pisser ne me vienne pas, j'ai décidé d'arrêter de boire de l'eau.

Petit à petit, je m'assèche. Corps. Cœur. Esprit. Je ne sais plus quoi ni comment continuer.

Suis-je une femme, complètement une femme ?

Non.

Suis-je encore un homme ?

Non.

Qui suis-je alors ?

Je ne regrette rien de ce que j'ai fait. Cette opération, je l'ai voulue. Cette disparition, c'est moi qui l'ai planifiée, orchestrée. Menée jusqu'au bout. J'ai pensé à tout. Mais pas à l'essentiel : comment être une femme ? Je veux dire, en dehors des habits et du maquillage, c'est quoi une femme ?

Pourquoi, avant l'opération, je savais parfaitement les réponses à ces questions ? Et maintenant : rien ?

Je perds chaque jour ce goût d'avant, ce désir d'avant qui me donnait un but dans l'existence. Révéler au grand jour ma véritable identité. Faire tous les sacrifices pour que cela se produise. Non pas un miracle mais la réalité, juste la réalité. Le projet d'une vie qui devient concret, vrai.

Était-ce une erreur ?

Dans mon lit immense, je ne sais plus comment me calmer, me rassurer par des réponses sûres, définitives, qui ne viendront jamais.

Je suis dans le vide. Je n'arrive pas à le combler.

Qui imiter ? Quel modèle suivre ? Où trouver le bon conseil, la parole qui répare, le geste qui réconcilie, le regard qui aime sans rien attendre en retour ? Où ?

Qui va me guider ?

Personne ne parle de ce qui m'arrive en ce moment. Personne n'a osé décrire ce territoire où l'on n'est plus du tout défini. Où l'on est en dehors de toutes les catégories, celles d'hier comme celles d'aujourd'hui.

Que faire de moi à présent ? Je ne cesse de tourner et retourner la question dans ma tête qui ne sait plus à quoi se raccrocher.

Aller dans une librairie et chercher un livre qui parle vraiment de ce sujet, moi en ce moment, sans trop faire celui qui comprend tout, sans trop de théories vides ?

Ce livre n'existe pas.

Et les films ? Il doit bien y en avoir un qui aborde un cas comme le mien. C'est sûr. Mais lequel ? Je devrais appeler le docteur Johansson. Lui me dirait. Sauf qu'il doit être encore en vacances. Que faire alors ? Qui appeler pour m'aider ? Zahira ne connaît et n'aime que les films indiens. Elle est même une spécialiste de ce genre où elle trouve toujours quelque chose qui la fait rêver, croire en d'autres vies possibles ailleurs.

Je pense au petit garçon algérien qui ne se sentait pas garçon. Au milieu des filles, ses sœurs, il s'ouvrait, il riait, il dansait, il allait au ciel.

Je vois ce qu'il est devenu à présent. Il est au purgatoire.

Il. Elle. C'est sûr ?

« Et si j'appelais mes sœurs ?

– Oui, c'est cela... C'est une bonne idée, Zannouba. Appelle-les toutes, tout de suite, dis-leur que tu es devenue comme elles, exactement comme elles... Allez... Allez... Vas-y... Du courage ! Assume ta nouvelle condition ! Appelle-les, elles sauront te réconforter... Vas-y... Vas-y, bon sang !

– Tu te trompes, Aziz. Tes sœurs ne pourront rien faire pour toi. Tu sais bien ce que la société algérienne a fait d'elles : des voilées, des esclaves pour des maris lâches. Des mortes vivantes.

– Non mais est-ce que tu t'entends parler, Zannouba ? Qu'est-ce que tu sais de leur vie, de leur quotidien, de leurs problèmes ? Tu crois vraiment que c'est parce qu'elles se sont voilées qu'elles ont perdu leur liberté !

– Oui, je le crois.

– Laisse-moi rire ! Tu parles comme tous ces Occidentaux bien-pensants, maintenant. Pour se réconforter, se prouver que ce sont eux qui ont raison, ils cherchent ailleurs des exemples de ceux qui, selon eux, manquent de liberté... Les femmes arabes, par exemple.

– Mais ils ont raison. Les femmes arabes manquent de liberté. C'est la réalité.

– Est-ce que tu t'entends parler ? Qu'est-ce qui t'arrive ?

– C'est bien là le problème... Je ne sais pas ce qui m'arrive.

– Tu voulais devenir une femme ?

– Oui.

– Tu l'es.

– Tu crois?

– Tu l'es, je te dis. Tu es une femme arabe…

– Tu te moques de moi!

– Pas du tout. Tu as raison de penser à tes sœurs à Alger. C'est dans les souvenirs que tu as gardés d'elles que tu trouveras le salut. L'exemple à suivre.

– Me voiler comme elles?

– Et pourquoi pas?

– Tu es sérieux?

– "Sérieuse", tu veux dire. Je suis toi – tu l'as oublié? Le zizi, comme toi, je ne l'ai plus.

– Tu le regrettes, on dirait.

– Oui, un peu. Je l'avoue.

– Moi, pas du tout. Pas du tout.

– Tu mens. Comme d'habitude, tu mens. La vérité est devant toi et tu refuses de la voir. C'est bien toi, ça! Fuir. Encore fuir. Maintenant, il faut assumer, ma pauvre. Tu voulais devenir la femme que tu as toujours cru être profondément? Eh bien, regarde-toi dans le miroir: tu y es, tu as réussi. Tu es belle. Tu es magnifique. Ravissante. Les Parisiens vont t'adorer. Te donner en exemple de l'individu arabe qui se libère, qui s'assume. Pas comme les autres, ceux du bled, qui croupissent encore dans l'ignorance et la soumission. Tu as réussi, ma chérie! Bravo! Bravo!

– Assez! Assez!

– Je n'ai plus peur de toi.

– Assez, j'ai dit !

– Tu me menaces ? Tu ne peux plus rien me faire à présent… Tu n'es qu'une loque… Un être bas, tout bas…

– Assez !

– Tu n'es plus rien… Tu es tout en bas maintenant… Je ne suis pas d'accord avec ce que tu m'as fait…

– Je vais te tuer !

– Vas-y. Je t'attends. Je n'ai plus rien à perdre. Tu es déjà au fond du trou. J'y suis avec toi, malheureusement pour moi. Autant en finir là, tout de suite. Tu veux m'entraîner avec toi dans cette vie que tu crois libre, mais moi je n'en veux pas. Viens alors. Tue-moi. Tue-nous. Viens. Viens. Tu as peur ?

– Je t'aime !

– Quoi ? Qu'est-ce que tu dis ? Tu es devenue folle, on dirait.

– Je t'aime !

– Foutaise ! Tu me tues, tu me coupes, tu me rayes de l'existence et tu me dis que tu m'aimes… À d'autres, Zannouba ! À d'autres !

– C'est vrai, je t'aime. Tu n'es qu'un petit garçon. Tu n'y es pour rien, dans cette tragédie. Ce n'est pas du tout ta faute.

– Je ne comprends pas ces paroles mystérieuses.

– Si, tu vois bien ce que je veux dire. Ne joue pas avec moi, Aziz… S'il te plaît…

– Je ne joue plus. Je ne suis plus Aziz. Tu m'as tué. Tu m'as enlevé de toi. De ton corps. Je ne suis plus rien. Où aller maintenant ? Je suis dans une situation pire que la tienne. Je n'existe plus. Toi, au moins, tu peux nous faire la diva qui déprime et qui pleure. Moi, tu m'as exterminé. Tu n'as eu aucune pitié pour moi. Tu n'en as fait qu'à ta tête. Devenir une femme. Devenir une femme. Maintenant que tu l'es, tu devrais être aux anges. Tu devrais croire en Allah de nouveau. Fais-le. Fais-le. C'est Lui qui a permis cela. Mais bien sûr, égoïste que tu es depuis toujours, tu ne penses qu'à ton petit malheur, tes petites cicatrices de rien du tout, ta musique qui ne vient plus. Et moi ? MOI, AZIZ ? Tu penses encore à moi ? Bien sûr que non. Tu es tout occupée à devenir madame. Une madame comme toutes les poufiasses qu'on croise dans cette ville de merde ! C'est cela la vie, l'avenir, l'émancipation ? Devenir comme les autres d'ici ? C'est cela ? Réponds ! Dis quelque chose. Regarde-moi. Regarde-moi et dis que tu regrettes… Dis-le… Dis-le…

– Non. Je ne pourrai pas le dire.

– Tu es sans cœur. Tu me laisses mourir. Et c'est sur toi que tu pleures.

– Tu ne comprends rien, Aziz.

– Bien sûr que je ne comprends rien, puisque je suis mort. Par ta volonté, mort. Par ta volonté, exécuté. Tu t'en souviens encore, de ce crime que tu as commis il y a à peine deux mois ?

86

– Ce n'était pas un crime. Il fallait que je trouve la paix.

– Je suis si heureux pour toi, Zannouba. Je vois à quel point la paix te fait du bien.

– Ne te moque pas... Ne te moque pas, s'il te plaît...

– Je ne suis plus rien. Ni un petit garçon qui danse heureux avec ses sœurs ni une âme libre et encore dans l'insouciance. Tu as tout bousillé avec ce désir fou de devenir femme. Tu m'as achevé. Tu as fermé devant moi toutes les possibilités, sur terre comme au ciel...

– Tu seras toujours en moi, Aziz.

– Tu te fais des illusions, Zannouba. Tu auras très bientôt oublié jusqu'à mon prénom. Notre prénom. Aziz. Tu marcheras sur moi, sur mon cœur, sur mon sexe. Tu ne vois plus désormais que toi : femme. Les traces de nous, petit garçon, homme, sont encore là, en toi. Mais, rassure-toi, elles vont bientôt disparaître. De là où je suis, d'où je te parle, je vois ton avenir. Je t'ai maudit. Je t'ai maudite. Et, malgré moi, je vais continuer à veiller sur toi... Au revoir... Au revoir, Zannouba...

– Non, Aziz... Non... Ne pars pas... Reste encore un peu...

– Pour quoi faire ? Laisse-moi aller ailleurs, me chercher une autre vie où cohabiter. Laisse-moi te quitter. N'insiste pas... Libère-moi...

– Tu te souviens d'Isabelle Adjani ?

– Oui. Petit garçon, je l'adorais, cette actrice.

– Puis tu l'as oubliée.

– Où veux-tu en venir, Zannouba ?

– Avant de partir définitivement, avant de m'abandonner, laisse-moi te raconter Isabelle Adjani.

– Me raconter quoi sur elle ? Je ne comprends pas.

– Tu veux ?… Tu veux, Aziz ?…

– Vas-y ! Fais ta Shéhérazade, Zannouba… Je n'ai pas beaucoup de temps mais je t'écoute. »

ISABELLE ADJANI

Elle est algérienne comme toi et moi.

Elle apparaît. Elle disparaît. Elle réapparaît. Elle est là. Elle n'est plus là. On la cherche. On croit l'avoir oubliée. Mais elle est toujours quelque part. Elle se cache. Elle dort. Elle s'oublie. Elle aime. Elle va loin. Très loin. Moi, je pense que, régulièrement, elle sort de ce monde, ce que nous appelons le monde : la terre ronde, le ciel bleu et noir.

J'en suis convaincue : Isabelle Adjani n'est pas de la même nature que nous. Elle n'est pas faite que de chair et de sang. Il n'y a pas que de l'eau dans son corps. Cette femme porte en elle quelque chose que nous ne connaissons pas encore. L'avenir ? Le futur tel qu'on le voit dans les films de science-fiction ? Mieux. Bien mieux que cela. L'homme et la femme réunis dans un autre temps. Pas le présent. Ni le passé. Ce qui vient, cette explosion sublime qui ne cesse de s'élargir et dont on peut entendre parfois la nuit l'écho premier.

Isabelle Adjani est née là, à ce moment-là. Précisément.

Je crois qu'on appelle cela le Big Bang. Il n'y avait rien. Absolument rien. Bouoummm ! Tout commence. La vie. La vie pas comme elle nous apparaît aujourd'hui. Non. La vie dans un rythme fou, une chaleur infernale mais tout à fait supportable. Une conscience cosmique. Il n'y a pas encore d'êtres humains, d'autres êtres, d'autres créatures, d'autres intelligences. Mais Isabelle Adjani. Tellement blanche. Tellement noire. Tellement bleue. Nue, bien sûr. Portant en elle toutes les vies. Parlant toutes les langues. Maîtrisant tous les signes.

Elle n'est pas une déesse. Elle est l'étincelle. Son feu nous a pris. Les êtres humains sont pour toujours attachés à elle. Dans la peur. Dans l'extase. On entend par elle. On écoute ce qui se passe en elle. Les voix de Tout Le Monde. On marche pour la suivre, l'aimer, l'adorer, la vénérer. L'attendre.

Elle vient ? Elle est là ? Pas encore ? Pas encore.

En fait, elle est déjà là. En nous. En toi. En moi.

Le monde d'ici, d'aujourd'hui, ne comprend pas Isabelle Adjani. Ne l'aime pas à sa juste valeur. Les hommes ne voient en elle qu'une actrice très talentueuse et très capricieuse. Ils ont tort. Dix mille fois tort. Isabelle Adjani, l'actrice, n'est pas dans une idée de carrière. Elle est au-delà de cela, de cette petitesse moderne. Dire qu'elle fait carrière est une insulte pour quelqu'un comme elle. Cette femme invente et donne à voir des gestes bien plus modernes qu'on ne croit. Des incarnations et des interprétations qui nous disent tous. Absolument tous.

Tu me comprends, Aziz ? Tu me suis ? Je le sais, tu aimes Isabelle Adjani de la même manière que moi. Tu te souviens à quel point nous avons été transportés, toi et moi, par *L'Histoire d'Adèle H.* ? Tu te souviens de ce film ? Nous l'avons regardé un après-midi triste sur la télévision algérienne.

Tu te souviens de ce qu'elle dit au tout début ?

« Moi, cette chose impossible pour les autres, traverser l'Océan en un éclair pour rejoindre l'Amour, marcher sur l'eau, marcher dans l'air, moi, seule, je la ferai. Je la ferai. »

C'est ce qu'elle disait, non ? C'est elle qui parlait ainsi, pas le personnage.

J'ai peut-être déformé ses paroles. Ce n'est pas grave. Ces mots nous avaient convaincus que cette femme était bien à la fois de chez nous, l'Algérie en éclatements multiples, et de l'autre monde. Sa conviction et sa ferveur nous avaient donné des frissons inoubliables, des souvenirs pour toujours.

Toi et moi, nous avons essayé d'apprendre par cœur les paroles sacrées qu'elle prononçait dans le film. Nous les avons peut-être inventées, réinventées.

Le film est entré une fois pour toutes dans notre mémoire éternelle.

Le visage d'Isabelle Adjani qui aime. Qui souffre. Qui pleure. Qui crie. Qui court. Qui saute. Qui tombe. Un visage hanté, habité par nous tous. Un visage et uniquement un visage. Et rien d'autre.

On ne s'en est jamais lassés, n'est-ce pas, de ce visage cher et torturé, amoureux fou, courageux et seul, dans l'écriture, dans la voyance, dans l'au-delà.

Isabelle Adjani est aussi une voyante. Au sens propre. Elle voit. Là. Au-delà. Le monsieur qui a fait ce film l'avait bien compris. Il a placé Adjani dans des situations où le monde cesse d'être le monde. Le monde finit. Adjani continue.

Durant des semaines et des semaines, chaque jour nous avons pleuré en nous souvenant de ce film, de ce corps en amour, de cette errance, ce désarroi, ce chagrin, cette solitude absolue, assumée.

Et quand nous avons appris que cette femme était algérienne, tu te rappelles ce qu'on a fait, Aziz?

Nous sommes allés au hammam.

Tu es allé au hammam, Aziz, et tu as fait l'amour tendrement avec trois hommes en même temps. C'était cela ta manière d'être dans l'amour et la reconnaissance. Tu savais maintenant la raison de cet attachement, mystérieux et miraculeux, pour Isabelle Adjani.

Elle était mieux qu'algérienne. En elle coulait quelque chose que toi aussi tu avais et que tu reconnaissais si bien en elle.

Tu ne te trompais pas. Non. Non. Adjani venait d'un autre monde. Le tien. Tu voyais en elle ton idée de la possession : comment on prend en soi l'univers entier, avant et après, comment on s'habille avec, comment on danse et crie dedans.

Isabelle Adjani, c'était cela : la vérité à partir de toi-même. La beauté à partir de tes yeux sur le monde et ce qu'ils en avaient pris, volé.

Tu sais pourquoi je voulais absolument venir à Paris ? Tu sais pour quelle raison Zahira est ma seule sœur en France ?

Comme nous, elle vénère Isabelle Adjani. Comme nous, elle ne croit qu'en elle.

Zahira a dit : « Isabelle Adjani est une sainte. » Moi, je ne peux qu'être d'accord avec elle. Et toi aussi, je le sais. Les saints ne sont ni purs ni vierges ni gentils. Ils ont des exigences. Zahira et moi, nous avons honoré tellement de fois Isabelle Adjani. Plusieurs *Lila*. Plusieurs Nuits magiques.

Toute une nuit pour satisfaire ceux qui habitent le corps de cette femme, ceux qui nous habitent. Qu'ils soient djinns, esprits, morts vivants, amoureux blessés, pères et mères dans un autre voyage.

Nous fermions les fenêtres du studio de Zahira. Nous faisions brûler des encens rares. Nous mettions des caftans verts. Et nous commencions à regarder un film. Le Film. *Possession*. Isabelle Adjani y parle en anglais. Dans des lieux froids, étranges, loin de nous, mais parce qu'elle était, elle, dans le cœur même de ces endroits, nous acceptions ces images et nous attendions le moment. Le Moment. Quelque chose d'unique. Du jamais-vu, au cinéma comme ailleurs.

Adjani est en bleu. Sa peau est plus blanche que jamais. Ses lèvres sont en sang, incroyablement rouges. Elle sort du métro. Du train jaune. Elle monte un escalier interminable. Il n'y a personne. Les couloirs du métro cessent d'être des couloirs. Zahira et moi, nous savons ce qui va arriver. Mais nous l'oublions chaque fois que nous organisions cette cérémonie.

Adjani ne joue pas. C'est sa grande force. Elle est incapable de jouer. Elle est. Elle est. Nous savons cela. Nous le comprenons. Nous prenons sa main. Nous sommes avec elle. En elle. La transe du monde ne va pas tarder à commencer. Le dépassement de toutes les limites.

Adjani s'affranchit de toutes les lourdeurs. Elle se dépasse. Elle déborde. Elle crie. Elle hurle. Elle rit. Elle tombe. Elle se traîne par terre. Elle s'écoule. Voltige. Lévite. S'agenouille. Tourne la tête à toute vitesse et dans tous les sens.

Elle se libère. Elle revient au centre.

Elle salue de ses mains. Le visible. L'invisible. Elle ne s'appelle plus ni Isabelle ni Adjani.

Certains, devant ces images, auront peut-être peur. D'autres se moqueront. Et d'autres encore en feront une analyse trop intellectuelle. Zahira et moi, nous n'avons pas besoin d'étudier ce que fait Adjani. Nous sommes exactement comme Isabelle Adjani, dans le même état qu'elle. Nous lui inspirons ses gestes. Nous reproduisons sa chorégraphie.

Nous arrêtons le film. Nous revenons en arrière. Au moment où elle sort du métro.

Play again.

Zahira est debout dans son studio. Je suis à côté d'elle. Isabelle Adjani se retourne. Vers nous. Elle nous voit. Elle nous accueille. Nous nous élançons. Nous entrons dans l'écran. Nos corps sont agités. Par avance dans la reconnaissance. Nous suivons le chemin.

Le feu est bleu. Adjani, comme le monde, est son reflet exact. Par amour, par soumission, Zahira et moi, nous devenons bleues. Nous aussi. Nous entrons dans la transe éternelle.

Tu te souviens de tout cela, Aziz ? Non ? Tu étais encore avec moi ? Ou bien tu avais déjà planifié ton départ volontaire, avant même que je ne prenne rendez-vous avec le docteur Johansson ?

Tu ne réponds pas ?

Tu es où ?

Ne me laisse pas seule, Aziz. Je viens d'arriver dans ce nouveau monde des femmes. Ne pars pas, s'il te plaît. C'est trop tôt. Tu es mon cœur, mon ombre, mon âme secrète. Mon passé qui coule encore dans mes veines. Ne pars pas.

Tu reviens, Aziz ? Tu m'entends, Aziz ? Qu'est-ce que je vais faire sans toi ? Où aller ? Vers où ? Zahira, encore ? Zahira, toujours ? Reviens… Reviens… Aziz… Aziz… Aziz… Ne t'en va pas… Ne me quitte pas. Paris est devenu froid, sourd, triste, insensible. Raciste. Paris va me tuer. J'ai besoin de toi. De ta main de petit garçon insouciant qui danse et qui chante. J'ai besoin de ton âme libre à jamais. J'en ai besoin.

Reviens. Reviens. Reviens.

Ne meurs pas, mon petit frère. Reviens. Paris est un trou noir. Reviens me sauver. Reviens m'aimer, me laver, me porter jusqu'à mon désir profond, mon souffle ultime. Reviens. Je ne suis plus rien sans toi.

Plus rien.

2. Du vert partout

Mojtaba. C'est son prénom.

Il a fui son pays, l'Iran. Il y a un an.

Il rêvait depuis toujours d'aller en France et de visiter le jardin du Luxembourg. Et, pour cela, il fallait passer par Paris.

Mojtaba veut vivre à Londres ou Stockholm. Il ne sait pas encore laquelle de ces deux villes choisir. Mais il doit prendre une décision définitive dans quelques jours. D'ici la fin du mois de ramadan.

Mojtaba était perdu du côté du métro Couronnes quand je l'ai rencontré. Il se tenait debout à la sortie de la station. Il avait l'air complètement désorienté, dans une grande panique. Tout autour de lui, que des Arabes, qui s'étaient déplacés dans ce quartier, en cette veille de début du mois sacré, pour acheter ce qu'il fallait : des dattes, des fruits secs, des gâteaux au miel, des petites bouteilles d'eau de fleur d'oranger, des herbes spéciales, des essences, des huiles et tant d'autres choses. Comme tout le monde, j'étais venue moi aussi faire des achats, faire semblant, me convaincre inutilement que le ramadan à Paris avait un goût, une saveur. Je me mentais, bien sûr. Mais, depuis longtemps déjà, cela ne me dérangeait plus.

Je ne sais pas pourquoi je suis allée vers Mojtaba. Besoin de faire du bien ? De sauver quelqu'un ? Peut-être.

Je me suis plantée devant lui. Je l'ai regardé. Il a levé ses yeux vers moi. Et là, j'ai vu à quoi il ressemblait vraiment. En deux mots : il était sublime. Un jeune homme magnifique. Et, visiblement, perdu.

J'ai compris très vite qu'il n'était pas arabe. Musulman, oui, mais pas arabe. Il était aussi tendre, doux, mélancolique. Cela se voyait immédiatement. Quelque chose en lui m'était proche, familier.

Ce n'était pas un coup de foudre.

Poussée par je ne sais quel sentiment fraternel, j'ai avancé vers lui. Je ne pouvais pas faire autrement.

Ses yeux étaient fatigués, ses joues très creuses. Il portait une barbe douce qui appelait les caresses. Ses membres étaient las. Il semblait être au-delà de l'épuisement. C'était sûr, il allait tomber, s'évanouir, d'une seconde à l'autre.

Mojtaba continuait de me regarder.

J'ai alors tout saisi de son âme. Son destin, je l'ai vu défiler en entier devant moi.

Il vient de loin, ce garçon, de très loin. Il erre depuis longtemps. Il va. Il se déplace en permanence. Il n'a plus de centre. Il ne sait plus où trouver l'énergie pour continuer à vivre.

Je me suis rapprochée de lui. J'ai passé mon bras autour de son bras. Il en avait besoin. Il m'a posé cette question, dans un français cassé et charmant :

« C'est loin Barbès ? »

J'ai répondu tout en souriant grand :

« Pas vraiment. Un peu plus loin sur la ligne 2 du métro. »

Il n'a pas eu le temps d'entendre ma réponse. Il a perdu connaissance.

À part au moment de la jouissance sexuelle, je n'avais jamais vu cela. Un homme qui défaille, qui perd le contrôle de son corps, de son esprit, de son énergie. Un homme qui tombe.

Je l'ai suivi dans cette chute en essayant de le retenir, de ralentir le mouvement de son corps vers le bas. J'ai réussi.

J'avais maintenant les fesses par terre et le jeune homme dans les bras. Les gens ont commencé à s'attrouper autour de nous. D'habitude indifférents, ils étaient gentils tout d'un coup.

« Qu'est-ce qu'on peut faire pour vous aider, madame ?
Dites-nous… Dites-nous… »

J'ai demandé qu'on m'arrête un taxi.

Bien sûr, comme toujours à Paris, cela a été impossible
d'en trouver un de libre.

Au bout d'un quart d'heure, une dame qui passait a eu
l'idée d'en appeler un avec son téléphone portable. Elle
avait un numéro d'abonnée.

J'ai vécu beaucoup de drames et de tragédies à Paris.
J'ai connu ici le sale, le pourri, le sordide, l'innommable.
Plus rien ne m'impressionne. Plus rien ne m'affecte. Seul
mon amour fou pour Iqbal me guide, me sert de boussole.
J'ai tout vu. Et j'ai survécu à tout.

De ma vie entière je n'ai rien vu de plus beau que cette
rencontre avec ce garçon qui venait de très loin et qui
s'est évanoui dans mes bras.

Je n'ai pas essayé de le réveiller sur place. J'ai juste
vérifié qu'il respirait toujours et j'ai rapproché sa tête de
mes seins. Si j'avais pu, je l'aurais allaité.

Je connais les Parisiens. Et je connais les Arabes à Paris.
Ils sont rarement dans l'élan solidaire. Chacun pour soi.
Chacun dans sa bulle. Sa cellule. Surtout dans les rues.
Les métros. Les bus.

Mojtaba a inversé, renversé cet ordre bien établi. Au
moment même où tout allait extrêmement mal, où les
lignes de nos vies mensongères ne menaient nulle part,
un instant de grâce s'est produit. Tout le monde a couru

pour sauver le jeune homme évanoui. Le ramener à la vie. Lui prendre la main. Lui donner de la chaleur.

« Qu'est-ce qu'il a, madame ? Que lui arrive-t-il ? Qu'est-ce qu'on peut faire ? »

« Il ne faut pas le laisser mourir. Il est si jeune. Si beau… »

« Mettez-lui ce petit morceau de sucre dans la bouche ! »

« Lisez une petite sourate du Coran ! Allez-y ! Allez-y ! C'est important ! N'ayez pas peur ! »

J'ai fait tout cela. J'ai suivi ces conseils.

J'ai pleuré. Je n'étais pas la seule.

J'ai prié. Je n'étais pas la seule non plus.

Personne n'a eu l'idée inappropriée de me demander quel était mon lien avec Mojtaba. Ils ont dû tout sentir, voir l'évidence du fil qui nous reliait l'un à l'autre. Même le chauffeur du taxi a dû être touché. Il a refusé d'être payé et il m'a aidée à transporter le jeune homme jusqu'à mon appartement.

Cette nuit-là, j'ai refusé tous les clients. J'ai éteint mon téléphone portable. Et j'ai veillé sur Mojtaba.

J'ai fait chauffer du lait avec du thym. Je l'ai versé dans un grand bol. J'y ai mis beaucoup de sucre. Et j'ai préparé une pâte de dattes.

J'ai donné tout cela à Mojtaba encore endormi. Cela a pris beaucoup de temps. J'ouvrais sa bouche et j'y glissais une cuiller remplie de lait chaud très sucré. Je la retirais. Et je recommençais.

J'ai attendu deux heures près de son corps.

Je lui ai enlevé son blouson. Ses chaussures. Je l'ai recouvert d'un drap vert fleuri. Je me suis occupée de son gros sac de voyage. Je l'ai ouvert. En ai sorti ses vêtements. Ils étaient tous sales. Je les ai lavés, à la main. Je les ai suspendus un peu partout dans l'appartement pour qu'ils sèchent.

J'ai pris une serviette blanche et je l'ai trempée dans de l'eau très chaude. J'ai enlevé à Mojtaba ses chaussettes et, à l'aide de la serviette chaude, je me suis mise à essuyer et réchauffer ses pieds.

C'est cette chaleur qui l'a ramené à ce monde. Il a ouvert les yeux. Il m'a regardée. Un peu étonné. Je l'ai regardé. Il me reconnaissait. Il n'avait pas peur. Et il a parlé, dans une langue que je ne comprenais pas. Il a recommencé, dans un français hésitant :

« Merci… Merci… Merci beaucoup. Je m'appelle Mojtaba. »

J'ai répondu, avec une douceur nouvelle pour moi :

« Bienvenue chez moi… Je suis Zahira… Je suis marocaine… Et toi ? »

Il m'a regardée trois longues secondes.

« Je suis iranien. »

Je dois avouer que j'étais un peu surprise. Avant qu'il ne me le révèle, je n'avais absolument pas deviné son pays d'origine.

Avant de le connaître, je n'avais jamais entendu un prénom comme le sien.

Mojtaba.

D'une manière confuse, intuitive, j'ai compris et j'ai inventé un sens à ce mot, à ce nom perse. Quelque chose comme « Celui qui aspire à… », « Celui qui répond à… », « Celui qui tend vers… », « Celui qui va… ».

Peut-être que je me trompais.

Mojtaba a sorti son bras de sous le drap vert et m'a tendu sa main. J'ai tendu la mienne. Nos mains se rencontrent. Chacune serre l'autre. Longtemps. Aucune ambiguïté. Aucune malveillance. Aucun sentiment faux. J'ai fini par baisser les yeux. J'étais redevenue timide comme une petite fille pure. J'ai lâché sa main. Je me suis levée et je suis allée à la cuisine pour lui préparer à manger. Sa voix m'a suivie. Elle me posait une question :

« C'est demain ramazan en France ? »

« Ramazan » ! De quoi parlait-il ? J'ai fini, au bout de quelques secondes, par comprendre qu'il parlait du ramadan.

Je me suis retournée vers lui.

« Oui, c'est demain le début du Ramazan à Paris. »

Il a posé une autre question, un peu dérangeante :

« Vous le faites ? »

Sa question me disait que, lui, il le faisait, il jeûnait. Alors, j'ai menti :

« Oui, je le fais. »

Sans hésiter, il m'a proposé ce qui suit, ce voyage dans le temps :

« On le fait ensemble ? »

Réfléchir ne servait à rien.

« D'accord, Mojtaba. On jeûne ensemble… D'accord… »

De loin, je voyais qu'il souriait. Je suis revenue à la préparation de mon plat et, moi aussi, j'ai souri. J'étais ravie. Mojtaba allait rester chez moi tout un mois.

J'ai refusé les clients durant les trois premiers jours du ramadan.

Il fallait que je trouve le moyen de lui faire comprendre la nature de mon métier. Il voyait bien que, dans la journée, mon téléphone portable ne sonnait presque jamais. Le soir, en revanche, après la rupture du jeûne, les appels ne cessaient pas. Je ne répondais jamais devant lui. Je sortais sur le palier et je répétais à tout le monde le même mensonge : « Désolée, je suis très malade. Rappelez-moi dans quelques jours. » Et je revenais dans l'appartement, où Mojtaba semblait avoir trouvé sa place.

Rien en lui ne me dérangeait. J'ai aimé chaque jour un peu plus sa présence physique, spirituelle. Sa voix. Son innocence mêlée à un certain sentiment de révolte.

Ramadan est bien sûr un mois épuisant. Nous dormions jusque très tard dans la matinée. En début d'après-midi, nous regardions les feuilletons égyptiens sur le câble ou bien je lui montrais quelques-uns de mes films indiens préférés. Vers 18 heures, je me mettais à préparer le repas copieux que nous allions manger pour rompre le jeûne.

Assez facilement, je lui ai fait aimer la nourriture marocaine qu'on mange durant le mois de ramadan.

Pour commencer : la *harira*, les crêpes avec un mélange de miel et d'huile d'olive, les œufs brouillés avec du cumin, du lait chaud au thym, la purée de dattes.

Deux heures plus tard : du thé à la menthe très sucré accompagné de *sfouf* et de différentes *chabbakiya*.

Tard dans la nuit : un tagine.

J'ai préparé à Mojtaba tous les tagines dont je connaissais le secret. Il préférait le même tagine que Zannouba, celui préparé avec de l'agneau, des pommes de terre, du fenouil, du citron confit et des olives. C'est le goût du fenouil qui change tout, imprègne tout. Zannouba m'a dit un jour qu'elle avait fait un rêve où elle était en train de partager ce tagine avec Zineb, la sœur de mon père qui a disparu il y a de cela plusieurs décennies. Zineb était heureuse, très souriante, et c'était elle qui mettait la nourriture dans la bouche de Zannouba. Au moment de ce rêve, Zannouba s'appelait encore Aziz et elle y avait vu un signe : il fallait absolument aller jusqu'au bout de son destin, devenir une femme, totalement une femme. Prendre enfin un rendez-vous avec le chirurgien pour passer à l'acte.

Zannouba a donné un nom à ce plat : le tagine de Zineb. Elle disait qu'à travers moi, c'est Zineb qui le préparait. Elle nous rendait ainsi visite.

Mojtaba n'est resté avec moi qu'un mois. Il a réclamé le tagine au fenouil au moins deux fois par semaine. À force de me regarder le faire encore et encore, il a fini par apprendre par cœur ma recette.

« Je me souviendrai toujours de ce plat, Zahira. Toujours. »

Je sais qu'il tiendra cette promesse. Qu'il soit aujourd'hui à Londres ou bien à Stockholm, je sais qu'il prépare lui aussi, de temps en temps, ce tagine. Pour lui. Rien que pour lui.

Au bout du cinquième jour Mojtaba a commencé à sortir se promener entre 22 heures et minuit. Je me débrouillais alors pour enchaîner tous mes clients durant ces deux heures.

À son retour, on dînait. On regardait les chaînes de télévision arabes et, parfois, iraniennes. J'ai découvert, grâce à lui, que le câble me donnait accès à ces dernières aussi.

Peu avant l'aube, on buvait du lait chaud, on mangeait quelques dattes et on se préparait à dormir. On se brossait les dents. On se couchait chacun dans un coin. On éteignait les lumières. Parfois Mojtaba chantait très doucement des poèmes de son pays. Je ne les comprenais pas. Mais je les aimais. Tous.

Je ne sais rien de Mojtaba. Sa vie d'avant. Ses études. Ses parents. Ses amours. Son avenir.

Je vois Mojtaba. Je lui donne tous les droits. Il ne demande rien. Il veut juste rester avec moi.

Je vis par la vie de Mojtaba. La vie qu'il fait, qu'il crée avec moi, devant moi. Pour moi.

Je donne ce que je peux à Mojtaba. Tout.

C'est moi qui lui frotte le dos quand il se lave, tous les deux trois jours, dans ma minuscule douche. Je ne me détourne pas quand il change de vêtements. Je regarde. Je regarde tout de ce corps iranien, perse au goût musulman. Jour après jour, ce corps nu et ses détails sont entrés dans ma mémoire. Mon cœur.

Une douceur incroyable. Une mer de tendresse. Des rivières d'amour infini.

Un jour, presque à la fin du ramadan, il m'a dit :

« Je rêve depuis très longtemps d'aller au jardin du Luxembourg. Tu le connais ? »

J'étais un peu surprise. À part la tour Eiffel, le Sacré-Cœur et Notre-Dame, je ne connaissais pas vraiment les monuments de Paris. Et l'idée de les visiter ne m'avait jamais traversé l'esprit.

« De nom, Mojtaba… De nom seulement. »

Il a alors proposé :

« Je veux le visiter aujourd'hui, Zahira. Tu viens avec moi ? C'est loin d'ici ? »

Il faisait très chaud ce jour-là. Nous avons traversé à pied les quartiers et les arrondissements qui nous séparaient de ce jardin.

Barbès. Gare du Nord. Gare de l'Est. Rue du Faubourg-Saint-Denis. Les Halles. Châtelet. Cité. Saint-Michel. Odéon. Saint-Germain. Saint-Sulpice. Rue Servandoni. Le jardin du Luxembourg.

Place Saint-Sulpice, il a voulu visiter l'église. Je l'ai suivi. Il m'a montré plusieurs tableaux peints sur les murs. Il s'est arrêté très longuement devant l'un d'eux. Il le connaissait visiblement et l'aimait depuis très longtemps. On y voit un homme et un ange qui se battent à côté d'une rivière et d'un arbre. Qui sont-ils ? Qui va gagner ? Leur combat semble éternel. Dans cette église, il ne faisait que commencer. Derrière eux, d'autres hommes, en voyage sans doute. Ils ne font pas attention à ce qui se passe au premier plan. La dispute avait lieu seulement pour Mojtaba et moi.

Je suis sortie de l'église et j'ai attendu sur les marches. Le soleil cognait fort. Il triomphait.

Quand Mojtaba m'a rejointe, je lui ai proposé d'aller prendre un verre avant d'entrer dans le jardin. Cela ne l'a pas surpris. Aucun de nous deux n'a fait remarquer à l'autre que nous étions en plein mois de ramadan.

Nous avons commandé la même chose. Orangina. J'ai commencé. Il a fait comme moi. Cela nous a désaltérés, rafraîchis.

Nous ne nous sommes pas trop attardés dans le café.

Il était presque 20 heures quand nous sommes arrivés au jardin du Luxembourg. Il ne restait qu'une heure avant la fermeture et, ce soir-là, ce jardin immense, imposant, grandiose, était déjà presque vide.

Mojtaba m'a regardée. Il était ravi.

« Les Français sont partis. Le jardin est à nous.

– Pour une heure seulement, Mojtaba. Ne l'oublions pas.

– Ce n'est pas grave.

– On reste ensemble, Mojtaba ?

– On reste ensemble, Zahira. »

Il m'a pris la main et m'a fait faire le tour des différents monuments. Il a dit plusieurs choses sur l'histoire du lieu, sa construction, ses multiples rénovations, son architecture. Je n'en ai rien retenu. Cela ne devait pas m'intéresser. Il a cité de très nombreux noms compliqués et français qui ne me disaient rien non plus. Je les ai vite oubliés. À côté du grand bassin, il a lâché ma main.

« Tu m'attends ici, Zahira ?

– Pourquoi ?

– Ne t'inquiète pas. Je vais revenir.

– Mais il n'y a plus personne dans le jardin, Mojtaba. On va très bientôt nous mettre dehors.

– Je sais. N'aie pas peur. Je serai de retour dans cinq minutes. »

Ce jardin était un territoire étranger. Mon corps a été traversé durant cinq très longues secondes d'une crise de panique monumentale. J'ai réussi à l'étouffer sans savoir où j'ai puisé l'énergie nécessaire pour le faire. J'ai regardé autour de moi. C'était familier ce que je voyais. De l'herbe. Des fleurs. Quelques arbres. Puis, non, ça ne l'est plus. Je ne suis jamais venue ici, dans ce quartier, dans ce monde. Je n'ai jamais respiré cette odeur. Je reconnaissais certains bâtiments qui font l'histoire de ce pays, mais seulement à

110

travers des souvenirs lointains. Des images vieilles de Paris vues à la télévision marocaine, avec mon père quelque temps avant sa mort. Elles étaient destinées à faire rêver. À nous écraser aussi un petit peu. « Ce monde-là n'est pas pour vous. Regardez mais seulement de loin, à travers l'écran. Ne venez pas. Restez où vous êtes. Ce n'est pas pour vous. »

J'ai dû recevoir le message cinq sur cinq puisque, depuis que j'habite Paris, jamais je n'ai eu l'envie de venir visiter ce jardin beau et froid. Mojtaba, lui, n'avait pas ce genre de sentiments pour Paris. Il n'était que de passage.

Je comprenais sa fascination pour cette ville et ses richesses culturelles mais nous n'avions pas le même lien avec elle. L'essentiel était ailleurs : j'étais avec Mojtaba, dans le partage d'un moment. Seulement pour lui.

L'envie de revenir dans mon territoire, mon Paris, était déjà là.

J'ai plongé mon regard dans le bassin devant moi. J'y ai vu des fantômes. Pas des djinns. Des fantômes très vieux qui s'apprêtaient à sortir.

J'ai fermé les yeux aussitôt. La crise de panique était en train de revenir. J'ai crié :

« Mojtaba ! Mojtaba ! MOJTABA ! »

J'ai ouvert les yeux. Il était là. Devant moi.

« Viens, Zahira. J'ai trouvé.

– Tu as trouvé quoi ?

– Ne parle pas. Suis-moi… Suis-moi… »

111

Il a pris ma main de nouveau. Et on est allés se cacher dans un coin sombre.

Les gardiens sont passés.

La nuit est tombée.

Dans le jardin du Luxembourg, il n'y avait plus que deux étrangers. Deux resquilleurs. Deux enfants qui s'apprêtaient à se lancer dans des jeux, des bagarres et des courses poursuites. Un frère. Une sœur.

Nous n'avons pas dormi cette nuit-là. Mojtaba m'a ouvert d'autres portes. D'autres mondes. D'autres secrets.

La chaleur étouffante de l'été n'est pas retombée.

Quand nous avons été épuisés de marcher dans le jardin dans tous les sens, nous nous sommes jetés sur l'herbe. Mojtaba a sorti des bonbons de ses poches et de son sac à dos.

C'était notre repas pour rompre le jeûne. Et notre dîner aussi.

Puis : le sommeil est venu.

Les bruits nocturnes de Paris ont cessé. Tout allait désormais se mélanger. Cesser d'exister comme les hommes l'avaient décidé.

Revenir au monde premier.

Quand je me suis réveillée le lendemain matin très tôt, Mojtaba avait disparu. Pour toujours.

À côté de moi, il avait laissé deux lettres. Dans celle qui m'était destinée, il me remerciait très chaleureusement, me disait adieu, me demandait de poster la deuxième lettre et me donnait l'autorisation de la lire avant de l'envoyer.

J'ai quitté le jardin, triste et en colère.

J'ai traversé Paris à pied en sens inverse. J'aurais pu prendre le métro. Le désir de marcher sur le chemin où j'avais marché la veille avec Mojtaba était le plus fort.

À côté d'une poste à Barbès, j'ai trouvé un traducteur turc qui connaissait aussi le persan. Son bureau était petit, vide. Il m'a invitée à m'asseoir. J'ai préféré rester debout pendant qu'il me traduisait l'autre lettre.

LA DEUXIÈME LETTRE DE MOJTABA

Chère maman,
bonjour tendre à toi et à ton cœur.
Dans ce monde où je suis, et que tu ne connaîtras sans doute jamais, tout est nouveau. Tout est déjà en marche. Décidé pour toujours. Cela s'appelle Paris. La capitale de la France. Tu sais, ce pays où le frère de mon père est parti vivre après la révolution de 1979 et où il est mort, sans

doute assassiné, deux ans plus tard. Je suis là. Dans cette ville. Dans ce nom vide pour toi, à remplir vite pour moi.

Je ne suis que de passage ici. J'ai trouvé une femme. Elle s'appelle Zahira. Elle a une grande âme. Elle m'héberge depuis presque un mois. Je vais très bientôt la quitter. Je n'ose pas lui dire au revoir.

Je ne sais pas dire au revoir.

Je vais lui confier cette lettre que tu es en train de lire. Je lui ai dit qu'elle pouvait elle aussi la lire. Elle est écrite en farsi. Zahira trouvera un traducteur pour comprendre ce que je t'écris. À travers ces mots, mes mots pour toi, maman, vous faites connaissance.

Salam à toi, Zahira.

Salam à toi, maman.

Je ne sais pas si je vous reverrai toutes les deux un jour. Le destin et la fatalité m'ont emporté ailleurs.

Il fallait fuir l'Iran et Téhéran, maman. Je n'avais pas le choix. J'espère que tu réponds : « Oui, je sais, Mojtaba, je sais. »

Ils ne m'ont pas laissé le choix. Il fallait sauver ma vie. Partir tout de suite. Sinon, la prison pour toujours. Ils me cherchaient. Les assassins du régime. Les services secrets voulaient à tout prix arrêter cette révolution de 2009. Tuer les jeunes et la contestation massive. Éteindre un feu grand. On ne voulait pas de ce président fantoche, Ahmadinejad, de cet homme pour lequel la majorité des Iraniens n'avaient pas voté. J'étais parmi ces jeunes, maman. Je ne te l'ai jamais dit, les yeux dans les yeux. Mais tu as tout compris. Et on est restés dans le silence. Comme toujours. Je sais bien que le silence entre toi et moi ne ressemble pas à leur silence. Celui qu'on impose à tous du matin au soir. Nous, dans notre maison, il n'y avait plus que toi et moi. Je pensais à toi, seule. Mais je ne pensais jamais au silence qui t'entourait toi aussi. Comment est-il maintenant, ce silence ? Comment es-tu, sans moi ? Comment va Téhéran à présent, sans Révolution verte, sans les bruits de la fureur ? Tu manges, maman ? Tu manges bien ? Tu dors ? Tu dors bien ?

Je sais que tu lis un peu l'anglais. Avec cette lettre tu trouveras dans l'enveloppe des photocopies des articles que j'ai écrits dans la presse anglaise. J'étais le correspondant secret du quotidien « The Guardian ». Ils avaient fini par tout découvrir. Par me retrouver en pleine rue, en train de participer aux manifestations moi aussi.

Ils ont tiré sur moi, maman. J'ai vu la mort ! J'ai vu la mort !

Je n'avais pas le choix. Il fallait partir.

Je ne voulais pas t'impliquer dans tout cela. Qu'ils arrivent jusqu'à toi. Tu n'y es pour rien, dans cette histoire. Ils ont dû venir te rendre visite après ma fuite. Je n'en ai aucun doute. J'espère qu'ils ne t'ont fait aucun mal. Maman, lis ces articles et brûle-les juste après. N'attends pas pour le faire. Suis ce conseil. C'est très important. Je ne veux pas t'inquiéter. Je m'en sortirai. Je me débrouillerai.

115

Je trouverai toujours une solution. Un endroit. Un toit. Un plat à manger. J'ai quand même envie de te dire que je suis fatigué. Si fatigué. Cela fait un an exactement qu'on m'a obligé à partir. Du jour au lendemain, il a fallu tout quitter. Sortir du monde. De ce nom : l'Iran. De la vie. Je n'ai jamais voulu quitter l'Iran. Je me sens attaché à tout là-bas. À tout ce qui est toi, nous, ce qu'on a créé ensemble. À tout ce dont j'avais hérité. Je n'ai jamais voulu te tourner le dos. T'abandonner. Fuir. De toute façon, les garçons comme moi ne quittent jamais leur mère. Je me sens dans le vide. Tout est vide. Même Paris est vide. On m'a jeté de tout en haut. Un an après, la chute n'en finit pas.

N'en finit pas.

Je voudrais te dire tout cela, maman. C'est important. Je ne suis ni un ange ni un diable. Je ne suis ni un musulman pieux ni un ivrogne fini. Mais, à un moment, j'ai rêvé, moi aussi. C'est tout.

Pour eux, c'est cela mon crime. Ils disent que j'ai trahi la nation, l'islam, l'Histoire, le peuple, l'âme du peuple iranien et je ne sais quoi d'autre encore. Ce n'est pas vrai, maman. Ne les crois pas. Ne les crois pas. Paris n'était qu'une étape. J'avais le choix entre Londres et Stockholm. Je crois qu'ils me retrouveraient assez facilement à Londres puisqu'ils savent tout. Il ne me reste que Stockholm. Je demanderai l'asile politique là-bas. Pour certains, cela doit être une perspective très excitante, Stockholm. Pas pour moi, maman. Je n'ai aucune idée de la réalité de cette

*ville, en dehors des livres et de certains films. Je n'ai rien
contre Stockholm. Je ne me vois pas y vivre. Je ne veux pas
vivre dans une idée, à l'intérieur d'une ville-idée. Je dois
pourtant y aller dès demain. Sans dire au revoir à Zahira.
C'est mon destin. Ne pas savoir faire les adieux. Ne jamais
avoir l'occasion de trouver en moi le courage de le faire. Je
ne sais rien, ou presque, de Zahira. Elle non plus ne sait
rien de moi. À travers cette lettre, elle me découvrira enfin
un petit peu.*

*Zahira : je sais où tu habites, j'ai ton adresse e-mail, je
garde en moi le goût de toi et de ta nourriture. Je revien-
drai un jour. On se retrouvera. C'est écrit.*

*Je suis en route. Déjà à Stockholm peut-être. Déjà perdu
là-bas. Au moment où j'écris cette lettre, j'ai mal partout.
J'ai l'impression que toutes les allergies d'avant se réveillent
en moi, dans mon corps, même celles que j'avais oubliées
depuis très longtemps, depuis l'enfance. Maman, tu dois
les connaître mieux que moi. Les intestins surtout : ils ne
me laissent jamais tranquille. Il y a toujours un problème
avec eux. J'avais fini par m'y habituer. Mais, là, c'est en
train de devenir plus qu'un problème. C'est plutôt une dou-
leur énorme et continue. Je ne sais plus quoi faire pour me
soulager. Les herbes que tu me donnais, maman, je ne les
retrouverai jamais ici, dans cette partie du monde. Aller
aux toilettes est devenu un enfer. J'y reste des heures. J'essaie de me souvenir de certains de tes gestes. Je les repro-
duis sur moi. Je masse mon ventre, ma poitrine et mes*

mollets de la même manière que toi. Cela me fait du bien, me calme. J'oublie mes douleurs, mon ventre furieux, pour quelques instants. Mais les douleurs ne tardent jamais à revenir. Ça sera toujours comme ça. Quelque chose de loin revient, sans doute moi avant, moi oublié, moi toujours là, moi de retour pour se venger sans doute.

Pardon, maman, de te parler comme ça, comme dans les livres. Je suis capable de comprendre, d'analyser tout ce qui m'arrive, tout ce qui m'attend. Mais à aucun moment cela ne m'aide à supporter la vie qui vient pour moi. Errer. Ce sera désormais la vie. Mais ne t'inquiète pas, maman. Je survivrai. Je te porterai en moi et je survivrai.

Je voudrais te demander un petit service. Je ne devrais pas peut-être, mais je n'ai pas le choix. Tu es la seule personne qui pourrait me le rendre.

J'ai un peu honte.

Tu te souviens de Samih, mon copain à l'université ? Il venait souvent chez nous. Tu l'aimais bien, je crois. Il est brun avec des yeux verts. Très maigre. Tu lui disais tout le temps : « Tu es trop maigre, mon fils. Mange ! Mange ! » Il souriait chaque fois. Il n'osait rien te répondre. Une fois dans ma chambre, il me disait de te remercier de tout son cœur pour ton attention et ta tendresse pour lui. Cela le touchait, ce regard maternel, généreux, de ta part. Je crois que je ne t'ai jamais transmis ses remerciements.

Je le voyais tous les jours, Samih. J'étais plus que lié à lui. Par mon cœur. Par l'amour.

Tu comprends, maman ?

Je sais que tu comprends.

Alors, voilà : depuis à peu près trois mois, je n'ai plus de ses nouvelles. Il ne m'envoie plus d'e-mails. Je m'inquiète pour lui. J'ai peur pour lui. Je crains qu'ils n'aient découvert notre lien secret, intime, et aussi sa participation dans mes enquêtes politiques pour le journal anglais.

Samih habite Beryanak, juste à côté d'un petit supermarché ouvert 24 h/24. La maison de sa famille est jaune. Sur trois étages.

Je voudrais que tu ailles dans cette maison. Que tu sonnes et que tu demandes de ses nouvelles. Tu inventeras une histoire pour justifier auprès de sa famille ton arrivée chez eux et surtout pourquoi tu voudrais savoir comment il va.

C'est trop pour toi, d'avoir à aller frapper à la porte de gens étrangers et, en plus, de mentir ?

Alors, dis la vérité. Dis mon nom. Raconte mon histoire. Mon départ du pays pour des raisons politiques. Ma fuite. Dis ton chagrin. Ta solitude. Cela les touchera et les mettra en confiance. Et ils parleront de lui. De Samih.

Maman, c'est important que tu le fasses. J'ai besoin de savoir ce qui lui est arrivé. Est-il bien portant ? Vivant ? Mort ? Blessé ? Et pourquoi il a cessé de m'écrire ?

Si sa mère te dit qu'il est en prison, prie pour lui et ne va pas lui rendre visite. Si elle refuse de te parler, n'insiste pas. Essaie de deviner ce qu'elle veut te dire mais n'ose pas

119

le faire. *Comme beaucoup, elle doit avoir peur. Comme toi, elle veut protéger ce qu'elle a de plus cher, de plus fort dans son cœur.*

Et si le miracle se produit, si Samih est à la maison, demande à le voir. Et quand il sera devant toi, regarde-le, gentil, tendre, beau. En lui tu trouveras un peu de moi, et même beaucoup de moi.

Dis-lui simplement : « Mojtaba m'a chargé de te transmettre son bonjour, son salam. Il ne t'oublie pas. »

C'est trop, tout cela, pour toi, maman ? Oui ? Non ? Je suis loin de toi et cette distance me fait prendre des audaces. Mais tu es toujours ma mère. Tu es à présent plus que ma mère.

Il n'y avait que nous deux en Iran. On ne pouvait compter sur personne.

Maintenant, il y a toi, là-bas, séparée de moi, toujours, pour toujours, grande présence en moi.

Il y a moi, ici, dans ce monde vide, sans tes prières et sans tes colères.

Tu dois aller voir la famille de Samih. Cela te fera du bien. Tu sortiras. Tu marcheras dans les rues. Tu auras un but. Une mission. Un autobus à prendre. Une adresse à chercher. Une maison jaune à trouver. Tu sonneras. C'est peut-être Samih qui t'ouvrira. Il te reconnaîtra. Tu le reconnaîtras.

Fais-le. Fais ce pas, cette visite, maman. Ne pleure pas. Quoi qu'il arrive, ne pleure pas. Juste ferme les yeux.

Reviens à la maison. Chez nous. Ce sera encore le jour. Fais le noir. Il faut fermer tous les volets et tirer complètement les rideaux. Tu sauras où aller. Au centre de notre maison. J'y serai. J'y serai. Je suis avec toi. Quoi qu'il arrive après la visite à Samih.

Allah ne peut pas appartenir qu'à eux. Zahira, la femme de Paris, le connaît mieux qu'eux. Pour moi, puisqu'elle y croit, elle ira au paradis après sa mort. Comme toi, maman. Avec toi. Samih et moi : sans doute pas. Mais ce n'est pas grave. Ce qui compte : c'est ce mot que je suis en train de t'écrire à partir de mon noir à moi.

Tu n'es pas là devant moi. Mais je te vois.

Je ne suis pas là-bas, près de toi. Tu me vois pourtant ? N'est-ce pas ? N'est-ce pas ?

À bientôt, maman. À très bientôt. Tu sais où il faudra désormais m'écrire. L'adresse secrète à Paris.

À bientôt, Zahira. Du cœur de mon cœur, je te dis encore : merci, merci, merci.

On se retrouvera. Tous. Un jour. Je n'en ai aucun doute.

Je vous embrasse toutes les deux, tendre...

Mojtaba
Paris, août 2010

3. Qu'elle brûle

Elle doit mourir.

C'est son destin. C'est comme ça. Inutile de résister.
C'est plus fort que nous tous.

Je suis dans ton rêve, Zahira. Tu ne peux rien faire.
J'ai pris le contrôle de tout en toi. Tu m'entends ? Je suis
dans ta tête. Dans ta nuit. Que tu le veuilles ou pas, la
course a commencé. Je ne peux plus m'arrêter. Comme
tant d'autres avant moi, j'ai reçu l'ordre. Je m'exécute.
Je me lance à ta poursuite. Je dois avouer que je ne m'y
attendais pas du tout. Je ne savais pas que les Maîtres, les
djinns, étaient aussi intéressés par les hommes. Ce sont
eux qui m'habitent maintenant.

Une force me pousse. J'ai tout quitté. Je marche. Je
cours. Je vole. Je viens vers toi.

Le *mektoub* va s'accomplir, Zahira. Ton *mektoub*.

Tu croyais avoir fui notre monde, notre Maroc et ses violences ordinaires. Tu te croyais libérée à jamais. Loin de tout jugement, débarrassée de nous. Comme la sœur de ton père, Zineb, maîtresse de toi-même. Partir et ne plus revenir. Zahira rien qu'à toi-même. Tu te croyais capable de fonder ailleurs les bases d'un nouveau monde. Loin de nous. Loin de nos yeux.

Tu es ce que tu es. Zahira fille de Salé même à Paris. Tôt ou tard il faudrait te ramener à nous. Morte ou vivante. Depuis le départ, ta fuite était condamnée. Ta tante Zineb a peut-être réussi à se forger un autre destin, à oublier totalement ses origines, ses premières voix. Pas toi. Tu m'entends ? Pas toi. Tu n'es pas Zineb. Tu ne seras pas une légende comme Zineb. Non. Non.

Je ne pensais plus à toi. J'avais presque tout oublié de notre passé. Tes frères passaient me voir deux fois par an. Ils vérifiaient que je faisais bien le travail pour vous, pour toi. Garder et gérer la terre, vos hectares à Tadla, au pied de l'Atlas.

Vos terres. Le vide. Deux montagnes là-bas. Le ciel qui n'en finit pas de grandir. Ma cabane. C'était cela le décor de ma vie après toi.

Je dois être là. Toujours là. Gardien fidèle. Ne surtout pas quitter ce territoire. Guettant la menace qui n'arrivera jamais. Aujourd'hui je le sais. Là. Dans la campagne, ses tristesses lourdes et ses crimes ordinaires. Là. Le monde

124

effrayant et moi. Seuls. Le vent qui passe, souffle sans jamais se fatiguer.

J'ai toujours bien fait mon travail. Mon salaire, deux mille dirhams par mois, je l'enterrais sous ma cabane. Sous moi. Les ouvriers d'une usine dans les environs m'apportaient chaque semaine de quoi manger. Je les payais ce qu'il fallait. Ils ne parlaient pas.

Un jour, c'était il y a une semaine exactement, l'un d'eux a dit :

« Zahira est une pute. »

Parlait-il de toi ?

« Zahira, la fille que tu as connue il y a longtemps, est devenue une pute chez les Français. À Paris. »

Était-il vraiment sérieux ?

« C'est Zahira qui paie pour tout ici… Et aussi pour toi… C'est elle qui a acheté la terre… Ses parents sont sortis de la pauvreté grâce à elle, grâce à son argent *haram*… Et même ton salaire… »

Silence. Il a baissé les yeux.

« Il paraît que ton salaire, c'est elle qui l'envoie chaque mois par Western Union. »

J'ai baissé les yeux. Quand je les ai relevés, l'ouvrier n'était plus là. Est-il vraiment venu me voir ? A-t-il dit ce qu'il a dit ? Je rêvais. Oui ? Non ?

Elle doit mourir.

C'est son destin. C'est comme ça.

J'ai quitté la terre, la cabane.

Je suis allé au souk. Je l'ai cherché longtemps, l'ouvrier, toute une journée. J'ai fini par le trouver dans le bar improvisé du souk. Il était ivre. Mais il me fallait la vérité. C'était le bon moment. Alors, je l'ai giflé, bousculé, jeté par terre. Je me suis mis sur lui. Et je l'ai regardé avec haine droit dans les yeux. Il a tout avoué, une deuxième fois, devant tout le monde :

« Oui, elle est pute, ta Zahira. Elle ouvre ses jambes aux mécréants du matin au soir. Ce qu'elle gagne, c'est ce que tu gagnes. Argent du péché… »

Et il a éclaté de rire.

« Tu veux toujours te marier avec elle, Allal ? Faire d'elle la mère de tes enfants ? »

Ce vieux rêve avait disparu de mon cœur depuis très longtemps. Zahira n'existait plus en moi. N'existe plus. Ne doit plus exister.

J'ai cassé deux bouteilles de vin vides sur la tête de l'ouvrier. Il s'est évanoui. Ses copains se sont occupés de lui.

Je me suis relevé. J'ai quitté le souk. Personne n'a essayé de m'arrêter.

Je suis revenu à ma cabane. Loin de tout, de nouveau. Je n'ai pas dormi durant trois nuits. Au début de la quatrième, j'ai fini par recevoir l'ordre.

Je les voyais et je ne les voyais pas. Mais ils étaient là, les Maîtres, dans le noir de mon cœur. Ils m'ont dit quoi faire. Je suis ravi d'obéir. Tout doit se terminer. Il faut aller jusqu'au bout.

Comment as-tu pu me faire cela, Zahira ? M'oublier complètement et, des années plus tard, de nouveau m'humilier, m'enfoncer, faire de moi un homme sans visage ? De loin dans le passé, tu es revenue pour détruire ce qui me restait comme dignité. De là-bas, de la terre des Français, tu me signifiais encore une fois ton mépris assumé. Ta deuxième et mortelle vengeance.

Pendant toutes ces années, alors que tout en moi t'oubliait petit à petit, c'est toi qui payais pour moi sans que je le sache. Et même cette terre où je survivais, c'est à toi qu'elle appartient.

Non. Non. Non. Non. Non ! Je ne peux pas accepter cela. Je ne peux pas tomber à nouveau. Je ne veux ni ton amour ni ta pitié, et encore moins l'argent sale que tu gagnes chez les mécréants.

Je ne veux plus revenir en arrière. Avant que tu deviennes pute. Être devant tes parents qui baissent les yeux au lieu de me répondre.

Ils n'ont rien dit. Rien.

« Je veux me marier avec Zahira. Je veux la prendre pour femme devant Allah et son prophète Mohammed. Je suis amoureux d'elle. Je crois qu'elle m'aime bien elle aussi. Je suis quelqu'un de gentil. Comme maçon, je gagne bien ma vie. Je peux louer et meubler un appartement pas loin de chez vous, pour elle et moi. »

Rien. Aucune réponse. Il ne fallait pas se décourager. J'ai bataillé jusqu'au bout.

« C'est votre fille. Je ne la volerai pas. Je suis quelqu'un de bien. Je peux travailler dur. Je n'ai pas peur du travail dur. Je suis une branche coupée d'un arbre. Je n'ai pas de famille. Je n'ai personne au monde. Zahira sera mon monde. Tout, absolument tout, pour moi. »

Rien. Toujours rien. Et le désespoir qui s'installait petit à petit en moi.

Ta mère a fini par relever ses yeux. Sans prononcer un seul mot, elle les a fixés sur moi. Ils ont tout dit.

Ton père n'était plus avec nous. Il partait. Il mourait petit à petit. Nous savions tous dans le quartier qu'il était très malade.

Enfin, ta mère m'a signifié son refus catégorique :

« Va dans le miroir, Allal, et regarde-toi. Tu vois qui tu es. Tu le vois bien ? Tu as compris ? Zahira ne sera jamais à toi. Pas dans ce monde en tout cas. »

Cachée dans la cuisine, je savais que tu entendais tout, Zahira. Ta mère, impitoyable, me condamnait. Me coupait la tête et les pieds.

Tu n'as rien fait. Tu n'as pas pleuré. Tu n'as pas crié. Tu n'as même pas cherché à me faire un signe discret. Rien. Le vide.

Nous ne vivions déjà plus dans le même monde.

Plus tard, je me suis mis devant le miroir. J'ai regardé, très longuement. J'ai vu ce que je suis malgré moi.

Je suis noir. Marocain et noir. Marocain, pauvre et noir.

Vous, ta famille et toi, étiez marocains, pauvres et pas noirs.

Elle doit mourir, Zahira.

C'est son destin. C'est comme ça.

Je suis d'accord avec cette sentence. La mort pour elle aussi ! La mort de mes propres mains !

Je me lance à ta poursuite, Zahira. Je te retrouverai facilement dans ton Paris. Cela ne servira à rien de te

129

cacher. Tu m'entends ? Je suis toujours dans ta tête. Je fais ce que je veux. J'ai le pouvoir maintenant. Ils me l'ont donné.

Tu te demandes : « Qui, eux ? »

Ne joue pas avec moi, Zahira. Tu les connais aussi bien que moi. Tes Maîtres invisibles. Tes djinns. Ce sont les miens à présent. J'ai passé toute ma vie à les éviter, à les amadouer. Je ne voulais pas être possédé. Je ne voulais pas. Ils ont tout conquis dans mon corps, mon cœur et mon esprit.

Je vois par eux. Je voyage par eux. J'aurai ma vengeance grâce à eux.

Aucune pitié pour toi, Zahira. J'irai jusqu'au bout. La vie d'un homme doit avoir un but. J'ai trouvé le mien.

Pendant toute une année, tu m'as dit et redit : « Je t'aime, *khouya* Allal. Tu es mon frère et mon amour. Je t'aime. Je t'aime. Emmène-moi... Emmène-moi loin d'ici, de notre réalité triste... Emmène-nous... »

Personne ne m'a plus jamais dit ce que tu m'as dit. Personne ne m'a jamais associé à ce point-là à son rêve de toujours.

« Je suis à toi, Allal, avec ou sans leur bénédiction. Prends ma main. Tu as déjà volé mon cœur. Prends mon œil droit. Ma jambe gauche. Mes lèvres épaisses. Mes pieds trop grands. Prends tout. Tout. Je ne suis plus moi. Je suis à toi. Je suis toi. Toi, Allal, mon amour. »

Pourquoi, Zahira ? Pourquoi m'as-tu dit tout cela ? Pourquoi as-tu installé dans ma tête ces mots doux et grands qui sortent directement des films égyptiens ? Pourquoi ?

Pourquoi, comme un agneau qui t'appartenait, tu m'as marqué ainsi à vie ? Qui, après toi, allait me faire traverser ce monde étroit, le quitter sans regret, voler avec toi haut, beau, baiser ton cœur fou et pur ? Qui ? T'es-tu souciée de moi plus tard, dans l'avenir incertain, sans ton corps qui me mettait en feu ?

Tu dors, Zahira ? Réveille-toi. Réveille-toi, Zahira, et dis-le-moi. Réveille-toi et réponds à mes questions. Je te donne une chance de te défendre. Vas-y ! Parle ! Explique-toi !

Devant le miroir, après le rejet de ta mère, j'ai répété tes mots d'amour pour les blesser, les haïr, les détruire, les déshonorer.

Impossible.

J'étais foutu. Condamné à vie à la souffrance. Seul dans la souffrance. Malgré moi dans le malheur. Petit à petit décidé à y rester. Dans ce monde cruel, je n'avais nulle part où aller.

Je ne connaissais pas le Maroc. Les yeux de ta mère m'ont révélé sa réalité. La haine. Profonde. Assumée. Partout. Entre tout le monde.

Je ne suis qu'un esclave, n'est-ce pas ? Un nègre. Un *azzi bambala*. Le coloré. Le Touargui. Un invisible. Un moins qu'un homme. Éternel serviteur. Éternel rejeté. Je n'avais pas de famille. Je croyais être de la vôtre. De la tienne. Plus ou moins. Mais, bien sûr, il y a des limites à ne pas franchir. Même parmi les plus pauvres des pauvres, il y a aussi des lignes rouges.

Tu es noir. Noir. NOIR. Ne l'oublie jamais !

J'aurais tellement aimé avoir le courage de me relever et de cracher sur le visage de ta mère. Lui renvoyer en pleine gueule la haine et le malheur vers lesquels elle m'expédiait, intraitable et sans regret.

J'aurais aimé pouvoir crier ton prénom.

« Zahira ! Zahira ! Zahira, où es-tu ? Viens ! Viens me sauver ! Je coule. Je meurs. On me tue. Viens. Je ne veux pas être seul. Vivre encore seul. Zahira, mon amour ! Zahira, ma sœur et ma petite fille ! Zahira, ma direction, mon chemin ! Zahira, ma *quibla* ! Zahira, ma vie et ma fin ! Tous mes plus beaux souvenirs. »

« Je suis né la nuit, tu as raison, petite Zahira. Comment le sais-tu ? Je suis né couleur charbon mais je ne fais pas mal, non. Non. Je suis né loin.

– Où ?

– Je ne le saurai jamais. »

C'était cela notre premier dialogue, Zahira. Nos yeux se sont rencontrés. J'ai compris immédiatement. Tu as compris aussi, je sais.

Tu avais à peine 12 ans. J'en avais 25.

Il fallait attendre. Cinq années.

Je n'ai jamais douté. Je ne savais rien de toi, de ce qui t'arrivait, de ce qui se passait dans ton cœur, ta tête. Mais tu venais. Tu ne m'oubliais pas. Tu me cherchais. Tu savais me retrouver. Tu finissais toujours par me retrouver. Les chantiers de construction étaient nombreux à l'époque à Salé. Je travaillais beaucoup. Et je gagnais bien ma vie comme maçon.

Tu venais et tu parlais tendrement.

« Je t'ai apporté des crêpes au beurre rance. Tu aimes ça, Allal ? »

« J'ai acheté deux cent cinquante grammes de mandarines pour toi, mon frère Allal. Ne me dis pas que tu n'aimes pas ce fruit. »

« En rentrant chez moi, j'ai croisé un vendeur de pommes d'amour. Il m'en a donné deux mais il ne m'en a fait payer qu'une seule. Elle est pour toi, la deuxième. Prends-la, Allal… Prends, mon frère… »

« Ma mère a fait aujourd'hui un incroyablement délicieux plat de pois chiches aux pattes de bœuf. Tu dois en goûter, Allal. C'est à mourir tellement c'est bon. Tu verras. J'ai volé cette part pour toi. Vas-y, mange ! Mange et dis-moi. »

« Le pain est encore tout chaud, il sort du four public, Allal. J'ai coupé ce quart et j'y ai mis un peu d'huile d'olive. C'est tout ce que nous avons ces jours-ci à la maison. C'est pas grand-chose. Tu en veux ? Prends-le. Cela te donnera un peu de force… Prends… »

Ta mère n'est pas une mère. Ton cœur, Zahira, même tendre et généreux, doit avoir un peu de la dureté de cette femme, de sa méchanceté. De son intransigeance.

Elle fait peur, ta mère. Elle transforme les hommes en statues, en sable, et elle les piétine.

Ce jour-là, devant son regard assassin et son rejet de ma demande de ta main, j'ai compris que je n'aurais jamais dû naître.

Il fallait partir. M'éloigner de l'anathème de ta mère.

Je me suis enfui.

Où s'évader quand on ne connaît du Maroc qu'une seule ville, Salé, un seul fleuve, le Bou Regreg, qu'une seule mer, l'océan Atlantique ?

Où partir mourir encore un peu plus ?

J'ai quitté notre quartier. Notre Bloc 15. Je suis entré dans les terres. J'ai traversé les cités et les médinas sans jamais m'arrêter. Rabat. Témara. Mohammedia. Casablanca. Settat. Khouribga. El Ksiba. Souk Lakhmis.

134

Je me suis éloigné le plus loin possible de toi. Je ne voulais plus reconnaître l'air de la mer que nous avions respiré ensemble. Je désirais détruire le goût de la vie en moi. M'abandonner au malheur qui se répand partout.

Face aux montagnes de l'Atlas, je me suis arrêté. Pas loin d'une ville, Béni Mellal. Mais dans la solitude de la campagne. Tadla.

C'est là que j'ai laissé les années passer.

L'oubli existe. Je voulais sincèrement y croire.

Ton amour était parti. Je ne sais où.

Mon amour : je l'ai étouffé de mes propres mains, nuit après nuit.

De maçon je suis passé ouvrier agricole.

Le Noir. C'est comme ça qu'on m'appelait là-bas. Je répondais chaque fois. À quoi bon résister ? Autant entrer dans cette autre peau. Cette négation.

« Cette vie n'est qu'une vie. D'autres suivront. »

C'est toi, Zahira, qui m'as dit un jour cette phrase. Ces mots obscurs.

J'ai fini par les comprendre et les appliquer à Tadla. Dans l'oubli progressif de toi. Ce n'était que la première vie, je le sais maintenant.

Je me suis résigné. Ailleurs, j'ai inventé un autre espoir.

Un jour, on se retrouvera.

135

Tu dors, Zahira. Tu ne peux rien faire. Le destin est de mon côté cette fois-ci.

Je sais ce que je dois faire.

Tu es à Paris, en France, en Europe. Je suis à Tadla, au Maroc, en Afrique. Des villes, des mers, des rivières, des pays nous séparent.

Cette nuit, les frontières n'existent plus. Je n'aurai pas besoin de visa. Je suis au-delà de cela maintenant.

Depuis une semaine je prépare tout. Le grand couteau. Pas celui de l'Aïd el-Kébir. Un encore plus grand. Deux bouquets de menthe que je fais sécher. Deux verres à thé. Deux grenades : ton fruit préféré.

Je devine tes questions. Je les lis.

Le couteau est pour t'égorger. La menthe pour te donner un avant-goût de l'autre vie. Le paradis ? Un bouquet à la main droite. L'autre à la main gauche. Les verres : un pour recueillir un peu de ton sang, l'autre pour le briser contre ton front.

Les grenades : tu sais pourquoi. Symbole d'amour pour tout un peuple, les Arabes, dont je ne fais pas partie.

Après avoir accompli le sacrifice, je les mangerai toutes les deux. À côté de toi morte. Je prendrai tout mon temps pour les égrener. Les dévorer. Et puis, boire un peu de ton sang.

Accomplir le deuxième sacrifice. Te rejoindre dans le voyage. Dans une autre terre, un autre ciel. D'autres couleurs.

Cette vie n'est qu'une vie. D'autres suivront. Nous le savons tous les deux.

Tu mourras. Je mourrai. C'est fini.

Comme ta tante Zineb, nous allons d'un coup disparaître. Nous ne laisserons pas de cadavres derrière nous. Pour ceux qui nous survivrons, nous serons un mystère. Ce sera leur problème. Qu'ils se débrouillent comme ils peuvent pour comprendre. Ou pas. Accepter l'incroyable. Ou pas.

Tu es devenue impure. Sale. Abîmée. Du matin au soir déflorée. Je viens, noir, te faire mourir et te ramener à la vie. Me venger et reprendre le chemin avec toi là où ta mère, par ses yeux froids, a tout arrêté. Je tiens à cette vengeance. Je veux être ce criminel pour les hommes d'ici. Qu'ils gardent de moi un souvenir horrible ! Qu'ils disent que je suis finalement ce qu'ils ont toujours pensé que j'étais ! Un sauvage. Un sanguinaire. Un cannibale.

Oui, je suis tout cela. Je n'ai plus peur. Pourquoi avoir peur ? Ils sont de mon côté à présent, les djinns, les Maîtres, le monde invisible. Le destin me dit que j'ai raison. Je veux tuer. Je veux commettre ce crime. Faire couler du sang humain. Celui de l'aimée. De l'amour. Cela ou rien. Cela ou renoncer. Il est hors de question d'attendre. Je pars dès cette nuit.

Il est minuit.

Tu dors, Zahira, là-bas à Paris.

Dans moins de six heures je serai devant toi.

Ta porte est fermée. Ton corps est détruit. Ton âme est perdue. Par moi tu seras sauvée. Par moi, par ma vengeance, tu vivras longtemps. Par mon crime, tu oublieras le reste. Tout le reste. Tu changeras. Tu deviendras noire. Noire comme nous tous.

Ne te réveille surtout pas. Pour l'instant, je suis encore de ce côté-ci. L'Afrique. Tes racines malgré toi. Malgré ta mère dictatrice et malgré ton père malade.

Je ne sors pas de ta tête, Zahira. Je suis toujours en toi. Amoureux de nouveau. Meurtrier sur le chemin.

Je vois la mer Méditerranée. D'un pas je la franchis.

Je découvre l'Espagne. En un clin d'œil je la survole.

Je suis en France. Je monte. Je monte. Je monte. Biarritz. Bordeaux. Poitiers. Tours. Orléans. Paris. La tour Eiffel. Des rues sombres. Je connais ton studio. Ta prison. Je franchis ta porte. Tu dors. Je ne suis plus seulement dans ta tête et tes rêves.

Ouvre les yeux, Zahira. Ouvre!

Tu me connais. Depuis notre première vie, tu me connais. Oui, c'est moi. Allal.

Laisse-toi faire. Ne pleure pas. N'aie pas peur du grand couteau.

C'est facile.

C'est rapide.

Ne résiste surtout pas.

C'est notre destin.

PARTIE III

Indochine, Saigon, juin 1954

1

« Où sommes-nous, Gabriel ?

– Dans mes bras, Zineb.

– Ne te moque pas de moi... Je veux dire... dans quel pays ?

– Tu ne le sais pas déjà ? On ne te l'a pas dit quand on t'a amenée ici ?

– Si, si, on me l'a dit. Mais on ne m'a rien expliqué. Je ne vois pas où nous sommes exactement, où je suis exactement. Où sur cette terre... Tu dois le savoir, toi...

– Je peux dessiner sur une feuille les cinq continents et te montrer où exactement...

– Non. Pas cela. Dis avec les mots. C'est mieux... Où sommes-nous ?

– Dans mes bras.

– Je ne plaisante pas, Gabriel.

– Nous sommes en Indochine. Tu le sais, ça, Zineb ?

– Oui, oui. Mais c'est quoi, l'Indochine ? Un pays ?

– Non, c'est plutôt plusieurs pays, plusieurs régions dans le sud de l'Asie, qui appartiennent à la France.

– Tu veux dire comme mon pays, le Maroc, appartient à la France ?

– Oui.

– Exactement de la même manière.

– Oui.

– Je vois.

– Comme je te l'ai dit, le continent s'appelle l'Asie…

– Ne me parle pas comme un professeur… Dis-moi les choses d'une façon simple.

– Autour de nous, pas loin, il y a l'Indonésie, la Chine, la Thaïlande…

– La mer, elle a un nom ?

– Il y a plusieurs mers tout autour, Zineb.

– Dis leurs noms, Gabriel… Dis-les…

– Tous ?

– Non. Quelques-uns seulement. Je répéterai après toi. Vas-y… Dis…

– Il y a la mer d'Andaman.

– La mer d'Andaman.

– La mer d'Arafura.

– La mer d'Arafura.

– La mer de Ceram.

– La mer de Ceram.

– La mer de Tasman.

– La mer de Tasman.

– L'océan Pacifique.

– L'océan Pacifique.

– L'océan Indien.

– L'océan Indien... L'Inde est proche de nous, Gabriel ?

– Oui, d'une certaine façon... Tu connais ce pays ?

– J'aime l'Inde.

– Tu y es déjà allée ?

– Bien sûr que non ! Je n'avais jamais quitté le Maroc avant de venir ici. C'est grâce aux films indiens, que je voyais dans les cinémas de Casablanca, que je connais l'Inde...

– C'est vrai ?

– Je suis tombée immédiatement amoureuse des acteurs de ces films... Surtout des actrices... Tellement belles, tellement spirituelles...

– Comme qui ?

– Tu ne les connais pas, j'en suis sûre.

– Dis quand même, Zineb.

– Chadia. Tu connais Chadia ?

– Elle est brune ou blonde ?

– Tu fais l'idiot... Elles sont toutes brunes, les actrices indiennes... Un peu comme les marocaines... Mais elles sont moins dures que les marocaines... Plus ouvertes...

– Qui d'autre ?

– Tabu.

– Tabu. C'est joli.

– Et il y a Nargis. Ma préférée. Il y avait deux filles avec moi dans le bordel, à Casablanca, qui portaient le même prénom qu'elle.

– Nargis... Nargis... C'est beau...

– Plus que cela... C'est incroyablement beau.

– Et pourquoi tu aimes Nargis plus que les autres ?

– Je ne sais pas... Quand je la vois je me reconnais en elle. Mais je ne suis pas elle. Nargis, c'est moi dans une autre vie... C'est très loin d'ici, l'Inde, Gabriel ?

– Cela dépend où tu veux aller en Inde. C'est très vaste, l'Inde.

– Ah bon...

– Tu ne le savais pas ?

– Je ne le savais pas... Combien faut-il de jours en bateau pour y arriver ?

– Je dirais cinq jours, au maximum.

– Cinq jours ! Ce n'est pas beaucoup... Tu m'emmènes là-bas, Gabriel ?

– Un jour, Zineb.

– Je suis sérieuse.

– Pour t'y emmener, il faut d'abord que je quitte l'armée française.

– Tu feras ça pour moi, Gabriel ?

– Je ne peux pas. Je n'ai pas le droit.

– Il faut déserter alors...

– On ne plaisante pas avec ce genre de choses, Zineb. La France est en guerre en Indochine. Je suis venu ici pour cela.

– Mais tu m'as dit plusieurs fois que tu es amoureux de moi.

– Oui, je le suis, Zineb. Je t'aime comme un fou.

– Alors, comporte-toi comme un fou... Tu désertes l'armée de ton pays et on va en Inde...

– Mhhhh...

– Tu ne dis rien? Tu ne m'aimes pas, Gabriel?

– Mais, ici, je ne dois pas être le seul à t'aimer comme ça. Presque tous les soldats de la garnison sont amoureux de toi. Ils ne te le disent pas quand ils viennent te voir pour... pour...?

– Les autres viennent juste pour le sexe. Rien de plus. C'est pour cela qu'on m'a fait venir du Maroc. Certains soldats français n'aiment pas les femmes asiatiques...

– Qu'est-ce que tu en sais?

– Ne change pas de sujet, Gabriel.

– Ne sois pas trop sérieuse, Zineb. Cela ne te va pas.

– Tu m'aimes? Oui? Non?

– Je t'aime, Zineb. Tu le sais parfaitement.

– Tu es satisfait quand je me donne à toi chaque jour par-devant et par-derrière?

– Zineb, ne parle pas comme ça.

– Moi, je n'ai honte de rien. J'assume.

– Quand même...

– Et quand je m'occupe de ton sexe et de tout le reste, tu es content?

– Je suis toujours content avec toi, Zineb.

– Alors, emmène-moi en Inde !

– Même si je le voulais, l'armée française ne te laisserait jamais partir, toi. Tu leur appartiens, Zineb. Tu travailles pour eux.

– Je n'appartiens à personne. Je suis venue ici de mon plein gré. Je fais la pute pour les soldats français parce que...

– Tu n'es pas une pute, Zineb...

– Si, je le suis. Tu me partages bien avec les autres soldats et tu ne m'as jamais dit que cela te dérangeait. Je leur donne ce que je te donne. J'ouvre les jambes...

– Ne parle pas comme ça.

– Tu leur racontes ce que je te fais ? Ils te disent ce que je fais avec eux ?

– Qu'est-ce qui t'arrive ? Calme-toi. Calme-toi...

– Ils te disent tout ? Absolument tout ?

– Zineb, ça suffit... Tais-toi...

– Gabriel, si tu m'aimes, tu m'emmènes en Inde.

– C'est de la folie pure.

– Oui, je suis folle. C'est ce que tu aimes en moi. Non ?

– Oui, aussi... Ton côté...

– Surtout cela, la folie en moi que je te donne. Les bruits que je fais quand on est dans le sexe... Cela te rend fou... Tu m'as dit tout cela, non ?

– Zineb... Arrête... Arrête...

– Pourquoi tu me refuses le droit de rêver de l'Inde ?

– Tu délires.

– L'Inde appartient aussi à la France, non ?

– L'Inde appartenait à l'Angleterre. Maintenant, c'est un pays libre.

– L'Inde est un pays libre ! Depuis quand ?

– Sept ans déjà, je crois.

– Tu vois, c'est simple, Gabriel. On ira vivre dans un pays libre. Personne ne nous arrêtera là-bas.

– Et le Maroc ? Tu l'oublies comme ça, facilement ?

– Le Maroc ?

– Oui, le Maroc.

– Qu'est-ce qu'il a fait pour moi le Maroc ?

– À toi de me le dire.

– Rien.

– N'exagère pas.

– Le Maroc m'a vendue à la France, aux Français.

– Je ne comprends pas.

– Ce n'est pas moi qui voulais devenir pute, tu sais…

– Je… suppose… que… personne ne veut…

– Oui ? Tu supposes quoi ? Termine ta phrase…

– Rien.

– Tu crois que je suis née pute ? Que j'ai toujours vécu à Bousbir ?

– Tu veux dire Prosper, j'imagine.

– À Casablanca, on l'appelle Bousbir. C'est plus simple.

– Bousbir est une maison close à Casablanca ?

– Mieux que cela. C'est un bordel à ciel ouvert. Là où finissent tous les damnés du Maroc, hommes et femmes.

149

– Et tout le monde se prostitue, là-bas ?

– Tout le monde. Enfin, tant qu'on est encore consommable.

– C'est grand ?

– Plusieurs maisons. Plusieurs rues. Tout un quartier juste en face de la mer, l'océan Atlantique.

– On t'a obligée à travailler là-bas ?

– C'est plus compliqué que cela.

– Raconte alors…

– Par où commencer ?… C'est difficile. C'est très long.

– Je suis ton dernier soldat de la journée. Nous avons toute la nuit pour nous.

– Non. Pas ce soir. Demain. Je n'ai pas la force de revenir sur tout cela ce soir. Demain. »

2

« J'étais en haut, dans les montagnes de l'Atlas, avec mon père et un sorcier juif. On cherchait un de ces trésors enterrés là-bas depuis plusieurs siècles. Il faisait nuit. Et, cette fois-là, le juif n'avait pas menti. D'une voix envoûtante, il récitait des psalmodies, des invocations, des appels, à la fois en hébreu et en berbère. Mon père creusait depuis plus de deux heures. Le juif continuait ses rituels. J'aidais mon père comme je pouvais. Je dégageais la terre des bords du trou profond. Soudain, comme dans les contes, une lumière jaune, or, est apparue tout au fond. Le juif a arrêté ses chants. Mon père a crié. Je l'ai rejoint et je l'ai aidé à sortir le sac qui contenait au moins dix kilos de louises. Des vraies louises d'avant. Très belles. Très grosses... J'espère que tu me crois, Gabriel. Je ne te raconte pas de mensonges.

– Je te crois, Zineb.

– Ces histoires de trésors cachés sont bien réelles.

– Je te crois. Vraiment. Continue. Que s'est-il passé après ?

– Nous avons réparti les dix kilos de louises dans trois paniers. Nous avons mis des dattes par-dessus et nous avons commencé à descendre la montagne pour retourner à notre village, qui se trouvait pas loin de la ville d'Azilal. Cela a duré longtemps. Nous nous sommes perdus plusieurs fois. Au petit matin, on nous a arrêtés. La police française. Plus exactement, des Marocains qui collaboraient avec les Français. Quelqu'un nous avait dénoncés. J'ai essayé de résister, de crier. Mon père m'a jeté un regard. J'ai renoncé. On nous a séparés. C'était la dernière fois que je voyais mon père et le sorcier juif... J'avais 16 ans...

– Et après ?

– Je suis devenue ce que tu vois devant toi. Une autre femme.

– Tu as été en prison ? On t'a jugée au tribunal ?

– On m'a emmenée loin, très loin de chez moi. Dans une autre ville. Marrakech. C'est là que je devais être jugée. Mais rien de tout cela n'est arrivé.

– On t'a libérée ?

– Le chef de la police a eu pitié de moi. Il m'a sortie de prison. Il m'a dit que j'étais jeune et que, certainement, je ne savais pas ce que je faisais. Ils ne pouvaient donc pas me considérer comme une complice. Je pouvais rentrer chez moi. J'étais tellement contente, tellement soulagée.

Je me suis agenouillée et j'ai embrassé ses pieds, l'un après l'autre. Il m'a laissée faire. Puis il m'a relevée, m'a regardée droit dans les yeux et il m'a dit qu'il s'appelait Charles. Il a ajouté : "Avant de rentrer chez toi, je t'invite chez moi. Tu te reposeras un peu. Tu travailleras un peu. Tu gagneras aussi un peu d'argent. Comme ça tu ne reviendras pas les mains vides dans ta famille." Il était gentil, Charles. Très gentil. Dès la première nuit, il me l'a plus que démontré. Il m'a rejointe dans le lit et il s'est couché sur moi... Sur moi... Tu comprends ? Tu comprends ?

– Oui.

– Il était gentil. Il savait ce qu'il faisait. Ce à quoi il me condamnait... Les conséquences...

– Lesquelles ?

– J'étais déshonorée.

– C'est grave.

– Très grave. Où rentrer dans un état pareil ? Personne dans ma famille n'allait m'aider. Je le savais parfaitement. Je suis restée alors avec Charles. Je me suis habituée à lui. Je n'avais pas le choix. Il disait : "Tu es tellement blanche, Zineb, et tes cheveux sont tellement noirs. Je suis amoureux de toi !"

– Tu n'es pas très blanche.

– Je l'étais à l'époque. C'est le soleil de Marrakech qui m'a brunie.

– Et après ?

– Charles a été promu. On l'a envoyé travailler à Casablanca. Il m'a emmenée avec lui.

– Qu'est-ce que tu faisais pour lui ?

– De la cuisine parfois. Surtout, je veillais à ce que sa maison soit bien tenue.

– C'est tout ?

– Et le sexe avec lui, bien sûr. Chaque nuit.

– Chaque nuit ?

– Il disait tout le temps qu'il était amoureux de moi.

– Et toi, Zineb ?

– Moi ? Je n'avais plus d'autre choix que d'être avec lui.

– Tu voulais rester avec cet homme ?

– Tu ne comprends pas, Gabriel. Pour une Marocaine dans ma situation, c'était une solution parfaite.

– Tu as aimé Casablanca ? Cela a duré longtemps avec lui ?

– Un jour, il m'a dit qu'il allait repartir en France. On le rappelait là-bas. Il allait terminer sa carrière à Paris.

– Et toi ?

– Il m'a dit qu'il allait me présenter à un de ses amis. Il s'appelait Augustin. Un grand fonctionnaire. "Tu l'aimeras beaucoup lui aussi, tu verras."

– Et il t'a donnée à lui ?

– Qu'est-ce que tu crois ? Bien sûr !

– Et tu as vécu avec cet Augustin ?

– Une semaine. Juste une semaine.

– Tu as fui ?

154

– Oui.

– Où ?

– Je suis allée à la gare routière de Casablanca pour prendre le car vers la montagne, chez moi. Le village du côté d'Azilal.

– Azilal ? Après toutes ces années ?

– Mais, à la dernière minute, j'ai changé d'avis. C'était impossible. Impossible. Je ne pouvais pas retourner comme ça.

– Pourquoi ?

– Ils m'auraient tuée, mes parents...

– Ah !

– Une femme un peu âgée m'a abordée dans la salle d'attente de la gare routière. C'est elle qui m'a emmenée au bordel de Bousbir... C'est tout...

– C'est tout ?

– Je suis restée à Bousbir deux ans. J'étais comme morte là-bas. De temps en temps, j'allais aux cinémas du centre-ville de Casablanca. C'est là que j'ai découvert l'actrice Nargis et que j'ai commencé à rêver d'elle. Devenir comme elle.

– Je vois.

– Un jour, j'ai entendu parler de ces prostituées marocaines qui accompagnaient les soldats français à la guerre en Indochine. Je suis allée à la préfecture et je leur ai dit que je voulais m'engager moi aussi pour la France.

– Tu n'avais pas peur ?

– Quand on a vécu à Bousbir on n'a plus peur de rien…
Et puis, j'avais eu comme un appel. Il fallait que je parte
plus loin, que je m'éloigne du Maroc. Quelque part ailleurs,
un autre destin m'attendait. Une autre vie.

– Et c'est en suivant les soldats français en guerre en
Indochine que tu espérais arriver à cela, à ce rêve ?

– C'était la seule solution devant moi.

– Mais cela doit être dur, quand même, coucher avec
tous ces soldats, tous les jours.

– Je ne t'ai jamais dit le contraire.

– Et maintenant ?

– Maintenant je dois continuer la route. Avec ou sans
toi, il faut que j'aille en Inde. Le pays de Nargis.

– Même si on réussit à fuir, l'armée française nous
rattrapera. Et notre châtiment sera terrible.

– Tu ne veux pas y aller avec moi. Je vois… Mon histoire
ne t'a pas touché.

– C'est un gros risque, Zineb. Je suis français. Je perdrais
tout en fuyant avec toi. Absolument tout.

– Mais tu dis que tu es amoureux de moi…

– Je le suis. Je te le jure.

– Je ne comprends pas, Gabriel.

– Quoi ?

– Tu m'aimes vraiment ou bien tu m'aimes juste
comme le premier Français, Charles ?

– Ne me compare pas à lui.

– On n'a qu'une seule vie. Pourquoi tu donnes la tienne à la guerre ? Au nom de quoi ?

– Pour la France.

– Moi, j'ai renoncé au Maroc.

– Et ?...

– Tu pourrais renoncer à la France.

– Ce n'est pas aussi simple que cela.

– Au contraire. C'est très simple. Tu viens. Ou tu ne viens pas.

– Tu es dure, Zineb.

– Ne sois pas lâche, Gabriel.

– Je t'aime, Zineb. Vraiment. Mais... »

3

« J'ai un rêve, moi. Je sais de l'intérieur qu'il est vrai.

– C'est quoi, précisément, ce rêve ?

– Devenir comme Nargis. Devenir Nargis.

– Une star du cinéma indien.

– Non. Une actrice.

– Mais tu ne sais pas jouer.

– Qu'est-ce que tu en sais ? Tu crois qu'être pute c'est ma vraie nature, mon vrai rôle dans la vie ?

– Je ne comprends pas, Zineb.

– C'est pourtant assez facile à comprendre. Être pute, ce n'est pas seulement enlever ses vêtements et ouvrir ses jambes aux hommes. C'est aussi jouer plusieurs rôles, les jouer parfaitement dans la vraie vie. Jouer et diriger les clients… Je sais tout de ce métier… Quand j'ai vu pour la première fois Nargis dans son film *Andaz*, j'ai compris tout cela. Je peux faire moi aussi ce qu'elle fait devant la caméra. Entrer dans le cinéma. Les images.

Recevoir la lumière. Me placer bien comme il faut dans cette lumière. Oublier les autres. Laisser une autre vie me pénétrer, sortir de moi, de tout ce qui est moi. Cela m'a paru évident... Pour jouer, je n'ai rien d'autre à faire... Je dois aller là-bas, en Inde.

– Mais pourquoi tu n'as pas tenté de devenir actrice au Maroc ?

– Il n'y a pas de cinéma au Maroc.

– Et l'Égypte ?

– Moi, c'est l'Inde. L'Inde ou rien du tout. Je veux être dans ce rêve, dans un pays où personne ne m'arrêtera, ne me rappellera mon passé de prostituée. Ni les Marocains ni les Français. Je veux passer directement à la lumière, sans intermédiaire.

– Tu es folle.

– Ne te moque pas.

– Tu es folle.

– Alors, oui, je le suis. Et tant mieux. Depuis que je suis entrée dans les images du film *Andaz* je le suis devenue. Je l'avoue. Mais il n'y a que cela pour me sauver vraiment.

– Que raconte ce film, *Andaz* ?

– Une femme qui aime deux hommes.

– Je vois. Une femme libre.

– Non, justement. On ne peut pas être libre quand on est amoureuse avec la même force de deux hommes. Pour moi, dans ce film, la liberté ne se situe pas là.

– Elle est où alors ?

160

– Dans le jeu de Nargis. Sa façon de faire l'actrice.
Elle s'abandonne. Elle s'abandonne et elle donne toute
son énergie, toutes ses couleurs intimes. Tous ses secrets.

– Tu connais cet état, toi ?

– Assez de questions, Gabriel. Prends une décision.
Tout de suite... Tu viens avec moi en Inde ?

– Il faut que je donne une réponse là maintenant ?

– Pas une réponse définitive, si tu veux... Juste, dis-moi
que tu viendras avec moi... Qu'on ira ensemble...

– Je viendrai avec toi, Zineb.

– Ah !

– Cela te surprend ?

– Tu m'aimes vrai... vraiment...

– Je ne veux pas mourir en Indochine.

– Tu veux vivre, comme moi. C'est bien, Gabriel. Je
suis contente. Je suis heureuse. Je peux dormir.

– Chante avant, Zineb. Chante.

– Je vais te chanter "Uthaye Ja Unke Sitam", une
des chansons de *Andaz*. Ce n'est pas Nargis qui chante.
Elle fait semblant. Celle qui chante s'appelle Lata Mangeshkar.

– Lata Mangeshkar... Comment tu connais son nom ?

– Quand on cherche, on trouve.

– Vas-y, chante... Chante, Zineb...

– Je me lance :

Uthaye ja unke sitam aur jiye jaa
Yunhi muskuraye ja, aansoo piye ja
Uthaye ja unke sitam aur jiye jaa
Yunhi muskuraye ja, aansoo piye ja
Uthaye ja unke sitam

Yehi hain mohabbat ka dastoor aye dil
Dastoor aye dil
Woh ghum de tujhe tu duaye diye ja
Uthaye ja unke sitam

Kabhi woh nazar jo samayi thi dil me
Samayi thi dil me
Usi ek nazar ka sahara liye ja
Uthaye ja unke sitam

Sataye zamana o, sitam dhaye duniya
Sitam dhaye duniya
Magar kisi ki tammana kiye ja

Uthaye ja unke sitam aur jiye jaa
Yunhi muskuraye ja, aansoo piye ja
Uthaye ja unke sitam

– C'est triste.
– Oui, très triste, Gabriel.

– Tu veux aller en Inde pour pouvoir chanter ce genre de chansons ?

– Aller en Inde, répondre à cet appel, ce sera enfin entrer dans ma vie. Ma vraie vie. Tout ce qui précède ce moment n'est qu'une ou deux marches. Rien de plus.

– Et une fois là-bas avec toi, qu'est-ce que je ferai, moi ?

– Tu es mon amour. Tu seras mon homme. Nous vivrons tout ensemble.

– On ne sera que dans ton rêve.

– Mon rêve, oui, mais tu découvriras le tien toi aussi… Bientôt… Sur le chemin…

– Où as-tu appris à parler comme ça ?

– Tu veux dire que je parle bien ?

– Oui.

– Le premier Français, Charles, ne m'a pas emmenée avec lui à Paris. Il m'a abandonnée. Sans qu'il le sache, je l'avais vu faire quand il recevait des gens chez lui. Il se mettait au centre et, sans écraser les autres, il se mettait à parler. À briller. À devenir quelqu'un d'autre… J'ai un peu volé de lui ce talent…

– J'ai l'impression que tu n'es pas réelle, Zineb.

– Toi non plus tu n'es pas réel, Gabriel… Être soldat, ce n'est pas réel…

– Qu'est-ce que tu veux dire par là ?

– Tu n'as pas l'air affecté par ce que tu vis, ce que tu fais… Ces horreurs… Tous ces morts…

– On va en Inde quand ?

– Viens dans mes bras, Gabriel.

– Me voilà… Où sommes-nous maintenant, Zineb ?

– Sur le bateau.

– Et je suis toujours dans tes bras ?

– Toujours.

– Je peux fermer les yeux ?

– Oui. Oui, Gabriel. Je te réveillerai quand il le faudra. Dans cinq jours.

– Tu garderas le même prénom en Inde ?

– Non.

– Je ne suis pas surpris. Tu as pensé à tout. Même aux moyens de me faire tomber fou amoureux de toi. Comme ça, tu pourras faire de moi ce que tu voudras.

– C'est pour ton bien, Gabriel… Dors… Dors…

– Je pars. Le sommeil vient… Il vient… petit à petit…

– Dors, mon petit Gabriel.

– Quel sera ton prénom en Inde ?

– Zahira.

– Zahira… Pourquoi ?

– Cela sonne bien.

– Oui. Zahira… C'est beau…

– Un beau nom pour être une actrice en Inde.

– Cela sonne arabe.

– Nargis est aussi un nom arabe. C'est son nom d'actrice. Son vrai nom est Fatima Rashid. Elle est musulmane.

– Comme toi, Zineb.

– Comme moi, Gabriel. »

RÉALISATION : IGS-CP À L'ISLE-D'ESPAGNAC
IMPRESSION : CPI FIRMIN-DIDOT À MESNIL-SUR-L'ESTRÉE
DÉPÔT LÉGAL : JANVIER 2015. N° 121975-3 (126805)
Imprimé en France

④ 67×12